GC NOVELS
乙女ゲー世界は
THE WORLD OF OTOME GAMES IS A TOUGH FOR MOBS.
06
モブに厳しい世界です
三嶋与夢
イラスト／孟達

アロガンツは、損傷した両手両足のパーツをパージする。
コンテナもパージして落下していくと、シュヴェールトが背中に回り込みアロガンツとドッキングした。
「合体は男の子の夢だな」
『巨大ロボになれずに申し訳ありませんね』

「馬鹿、嫌みじゃねーよ」
アロガンツの失った手足が新しい物に交換
され、聖樹の枝を避けながら飛ぶ。
そこに、追いかけてきた魔装が見えた。

ルイーゼさんが抱きついてくると、泣いていた。
「ごめん。ごめんね。
本当に——ごめんね」
ここでお姉ちゃんと呼ぼうか迷ったが——止めた。
俺が言えば空気をぶち壊すと思ったので、体を貸す
だけに留める。

乙女ゲー世界は★
THE WORLD OF OTOME GAMES IS A TOUGH FOR MOBS.
モブに厳しい世界です

06

CONTENTS


プロローグ……007
第01話「笑えない屑」……035
第02話「セルジュ」……058
第03話「姉弟」……081
第04話「あの日の約束」……103
第05話「生け贄」……137
第06話「補給艦イデアル」……171
第07話「暗躍する者」……196
第08話「空賊旗」……210
第09話「攻略対象VS攻略対象」……234
第10話「利用する者」……260
第11話「リオン君」……295
第12話「レスピナス家の真実」……313
エピローグ……335
番外編「アーロンちゃん」……351


THE WORLD OF OTOME GAMES IS A TOUGH FOR MOBS.

# プロローグ

裏切りというのはいつも突然に起きる。

予想された裏切りなど怖くもないし、痛くもない。

だが、裏切り者は、常に裏切る相手が最高に嫌がるタイミングを見計らっている。

それが今、この時だ！

「リオンさん、ちゃんと説明してくれないと――〝めっ〟ですからね」

可愛(かわい)らしく小首を傾げている【オリヴィア】が、目を薄(うっす)らと開けている。

その瞳は、虚偽は絶対に許さないという圧力を放っていた。

その瞳に俺【リオン・フォウ・バルトファルト】は震える。

言い訳しようと口を開くが、喉がカラカラでうまく声が出ない。

俺は随分と緊張しているようだ。

「ふ、二人とも落ち着いて話をしよう。落ち着けば、誤解だって解ける。それに、これはルクシオンの罠だ！　俺ははめられたんだ！」

俺の必死の訴えも虚(むな)しく、【アンジェリカ・ラファ・レッドグレイブ】は部屋にあるベビーベッドを見ていた。

手で触れて、微笑(ほほえ)んでいる。

だが、その微笑みに背筋が寒くなってきた。

絶対に怒っている。

静かに激怒している。

アンジェの感情を言い表すなら、噴火直前の火山だろうか？

返答を間違えれば、即大噴火——どうして俺は、こんな状況に追い込まれているのだろうか？　俺が一体何をしたというのか？

「私たちが納得する言い訳を考えて欲しいものだな。留学先である共和国の家で、女を連れ込みベビーベッドまで用意している理由を、な」

——今の俺の状況を説明しよう。

いつまでもマリエの屋敷で世話になる訳にもいかず、俺のために用意された家に戻ってくることになった。

その際に、聖樹の苗木の巫女に選ばれてしまった【ノエル・ベルトレ】。

——本名は【ノエル・ジル・レスピナス】。

その巫女を守るため、俺は家に連れてきた。

他意はない。本当だ！

共和国の馬鹿共から、ノエルを守るために連れてきた。

聖樹の苗木に巫女として選ばれたノエルは、共和国から見れば喉から手が出るほどに欲しい存在だ。

そんなノエルを守るためには、俺の側が一番だと判断した。

本人もそれを希望したので、何の問題もないはずだ。

ノエルは俯いている。

金髪の髪を右側でサイドポニーテールにまとめ、毛先に行くほどにピンク色になっていた。

リビアやアンジェを前に、申し訳なさそうにしている。

「ご、ごめんなさい。あたしが悪いんです。あたしが調子に乗るから」

ノエルが申し訳なさそうにするほど、リビアとアンジェの視線が厳しくなってくる。

俺は震える口で、ノエルに少し黙ってもらうことにした。

「す、少し落ち着こうか。ノエル、お、おおお、俺が話をするから。誤解は俺が解くから！」

くっ！　怖くて声が裏返る。

浮気をしていないのに、浮気を疑われている状況が怖い。

それに、浮気を否定するのが難しい状況だ。

二人が俺の家に来たタイミングも最悪だった。

ノエルと一緒にちょっとふざけていた場面を見られ、それが端から見れば浮気としか思えない状況だった。

そして、部屋にはベビーベッドが置かれている。

少し前に、共和国でできた友人のジャンがいるのだが、彼の愛犬を一時期預かっていた。

老犬で介護が必要だったから、ベビーベッドに寝かせたのだ。

ただ——その愛犬の名前が【ノエル】だった。

同じ名前というのが、さらに状況をややこしくしてしまっている。

リビアとアンジェから見れば、俺は共和国の自分の家に女を連れ込みベビーベッドまで用意していたわけだ。

もし、もしも。

この状況を他人が聞けば、十人中十人が浮気を疑うだろう。

俺だって他人の話なら浮気だと思う。

しかし、断じて俺は浮気をしていない。

それなのに、このような状況になったのは——ルクシオンが裏切ったからだ。

本来なら、このような誤解が起きる場面で二人に出くわすなどあり得なかった。

では、何故このような状況に陥ったのか？

全てルクシオンが悪い。

俺は最適解を導き出すために、脳をフル回転させる。

大丈夫。

俺は口下手だが、真摯に訴えれば二人も理解してくれるはずだ。

「二人とも——よく考えて欲しい。もしも、もしも、だよ？　本当は違うけど、もしも俺が浮気をしていたと仮定して——仮定の話だよ！　違うけど、浮気していたという前提で話をするなら、おかしいことがないかな？」

仮定の話で「浮気した」と言った瞬間、リビアとアンジェの瞳がとても冷たい光を放った気がした。

背筋が寒くて仕方がない。震えてくるよ。

「おかしい？　もったいぶらずに話して欲しいものだな」

アンジェの声色が酷く冷たかった。

俺は今後、絶対に浮気はしないと心の中で誓う。

この二人は怒らせてはいけない。

それを今回の一件で、頭ではなく心で――いや、魂が理解した。

リビアは視線を俺からそらし、そして口元に手を当てる。

「確かに、少しおかしいですね」

「リビア？」

アンジェが俺から視線を外す。どうやらリビアは俺の言いたかったことを察してくれたようだ。

「私たちがアルゼル共和国に来たと言うのに、リオンさんは港に迎えに来てくれませんでした。前回は連絡もしていなかったのに、事前に情報を得ていましたよね？　港に迎えに来てくれましたし」

「ルクシオンが知らせたのだろう？　――そうか、そういうことか」

アンジェも理解してくれたらしい。

俺の言いたかったことを代弁してくれる。

「元から隠すつもりなら、我々が到着する前に証拠(しょうこ)は隠滅(いんめつ)できたはず。それをしなかったのは、ルクシオンが知らせなかったから、か」

普段なら、五月蠅いくらいに色々と報告してくるルクシオンが、今回に限っては俺に何も知らせなかった。

明らかに裏切り行為だ！

リビアが頷き、そのまま俺がここまで追い込まれるのはおかしいと話す。

「それに、アーレちゃんの様子も変ですよ。リオンさんが本気で隠したいなら、時間稼ぎをするんじゃないでしょうか？　証拠だって、残るとは思えません」

そう、そうなの！　普段のあいつらなら、きっと事前に俺に情報を持ってきていた。

無駄に有能なあいつらのことだ。

浮気の証拠くらいどうにでもしてくれる！　——いや、してないよ。

俺は浮気をしてないけども！

「でしょ！　これはあいつらの裏切りなんだ！」

二人が自ら答えに辿り着いてくれたおかげで、どうやら誤解は解けたようだ。

これが愛の力だ。

安堵していると、部屋の様子を覗いていた眼鏡をかけた女性がボソリと呟く。

「——ですが、リオン様がこの部屋でノエル様と睦まじく戯れていたのは事実ですけどね」

こ、こいつ——【コーデリア・フォウ・イーストン】は、アンジェが俺の世話役にと派遣してくれたメイドさんだ。

俺と同じ、クールな常識人かと思っていたが、どうやら裏切り者のようだ。

あれ？　俺の周りには裏切り者しかいないのか？

アンジェが俺に視線を戻してくる。

先程少しやわらいだ視線が、また元に戻っていた。

「そうなると、ルクシオンも羽目を外しすぎた主人に思うところがあったということかな？」

リビアもアンジェの意見に納得しかけている。

「それなら可能性がありますね。リオンさんが遊びすぎているので、少しは痛い目に遭うように、って」

「ルクシオンも忠臣だな。主人を諌められる者が側にいて、リオンも幸せ者だ」

「そ、そうでもないかな、って」

嫌な流れだ。

この流れを変えようと色々と考えるが、俺の口先では無理だ。

助けを求めるために視線をさまよわせれば、視界の端に見えた【ユメリア】さんに、いちるの望みを託す。

気持ちが伝わったのだろうか？

この言いようのない重い空気の中で、ユメリアさんが勇気を振り絞って発言する。

君の勇気は忘れないよ！

「あ、あの、リオン様もお、男の子ですから！　魔が差しちゃうことはあると思うんです！」

――火に油を注ぐという言葉がある。

しかし、今の状況を説明するなら、火に爆弾を投げ込んだところだろう。

これでは、まるで俺が浮気をしていたかのように聞こえてしまう。

ユメリアさんは、ハッとした顔をしてオロオロと自分の発言を訂正しはじめた。

「ち、違うんです。あの、ちょっとおふざけが過ぎただけと言いますか、えっと――あの、その――と、とにかく、リオン様はお二人一筋です！　あ、あれ？　二人いる時点で一筋じゃない？」

確かに婚約者が二人もいる時点で、一筋とは言えないな。

気が付けば最悪な状況だった。

しかも、孤立無援。

ノエルが何か言っても、リビアもアンジェも信じないだろう。

そして、コーデリアさんは俺の味方をするつもりがなく、ユメリアさんでは残念ながら助けにならない。

本来俺を助けるべき人工知能――【ルクシオン】と【クレアーレ】は、この現場に駆けつけないことから、裏切っている可能性が大だ。

いや、現時点で裏切っている。

おのれ、腐れ人工知能共め。

「やっぱり人工知能は人類を裏切るんだ」

数多くの創作物で、人工知能が人を裏切る展開がある。

ルクシオンもその例に漏れなかった、ということだ。

ふざけやがって！　あいつ――あいつら、絶対に許さない。

「聞こえているんだろう、ルクシオン？　忘れるなよ――最後に勝つのは俺たち人類だ！　首を洗って待っていろ！」

どこかでこの状況を観察しているルクシオンに向けて、俺は高らかに宣言して笑い始める。

もう、笑うしかない。そうしないと泣きそうになる。

急に笑い出した俺を見たノエルは驚き、コーデリアさんはドン引きした顔をしていた。

一番心に来るのは、ユメリアさんが俺を本気で心配している姿だ。

「リオン様、しっかりしてください。大丈夫ですよ。きっと大丈夫ですから！」

何が大丈夫なの？　でも、心配してくれてありがとう。

そんな優しい貴女が大好きです。

俺が乾いた笑い声を出していると、リビアとアンジェが俺の腕を掴んで抱きついてきた。

両手に花の状態が出来上がるが、どう見ても逃げられないように拘束されているだけだ。

二人は暗い笑みを浮かべている。

俺の腕からは、ギチギチという音が聞こえてきた。

「リオンさん、全て話してもらいますよ。――でないと、めってですから」

「洗いざらい吐いてもらおうか。時間はたっぷりあるぞ。今日は眠れると思うなよ」

アンジェに眠れると思うな、なんて普通に言われたら赤面ものだったね。

普通に言われれば、ね！

俺は二人に拘束され、そのまま部屋から連れて行かれるのだった。

ノエルが俺に手を伸ばす。

「リオン!?」

顔だけ振り返る俺は、必死に笑みを作ってノエルを安心させる。

「安心しろ、ノエル。話せばきっと理解してくれるはずだ」

俺は無実だ。

浮気などしていない。

だから、リビアとアンジェも、話せばきっと理解してくれるはずなのだ。

話せば――。

「リオンさん、今回ばかりは本当にめっ、ですからね」

きっと――。

「お前には一度、女性関係についてしっかり説明しておくべきだったよ。遊ぶなとは言わないが、それなりの覚悟を持ってもらおうか」

――俺は生きて帰れるのだろうか?

「ルクシオン、何故俺を裏切った」

二人に連行される俺は、肩を落として視線を床に向けた。

捕まった犯人のような気分だ。

いや、浮気はしていないけど!

悪い事なんてちっともしていないけど！

◇

アルゼル共和国にある学院は、冬休みに入っていた。

冬休みを利用し、とあるダンジョンに挑むのは【レリア・ベルトレ】という女子だ。

ピンク色の髪をノエルと同じようにサイドポニーテールにしているが、左側でまとめて違いを出していた。

二人は双子の姉妹で確かに似ているが、見分けがつく程度に差異がある。

そして、ノエルの妹であるレリアは転生者である。

「ここ。ここよ。見たことがあるわ」

今は、服を泥で汚して大きなリュックサックを背負っていた。

手にはピッケルを握りしめており、ここまで来るために苦労したことが姿からうかがえる。

随分と無理をしたようで、息も絶え絶えだ。

そんなレリアを心配するのは、同行した【セルジュ・サラ・ラウルト】だった。

「おい、大丈夫か？　なれないのに無理をするのは良くないぜ」

「心配しないで。辿り着けさえすれば――何とかなるのよ」

「ふ〜ん――しかし、よくこんなところを知っていたな」

セルジュは日に焼けた褐色肌に、黒髪を手櫛で後ろに流したワイルドな青年だ。

背が高く、筋肉質。

レリアの婚約者である【エミール・ラズ・プレヴァン】とは、正反対の青年である。

そんなセルジュと共に、ダンジョンに入ったのにはわけがある。

セルジュが周囲を見渡せば、聖樹の根が張り巡らされていた。

金属らしき壁を木の根が貫き、絡まっている。

通路らしき場所に来るが、ドアの多くが開かない。

ドアそのものが歪んでいるためと、木の根が部屋を覆い尽くしているためだ。

セルジュはランタンを左手に持ち、周囲を照らしている。

「聖樹の真下にこんなダンジョンがあるなんてな。レリア、これは大発見じゃないか？」

二人がいるのは、聖樹の真下に位置する場所。

つまり地下だ。

レリアは、水筒から水を飲んで、口元を袖で拭っていた。

お淑やかな姿などそこにはなく、気にしている余裕もない。

「秘密にしなさいよ。他の人たちが入ると面倒になるわ。それに――セルジュ、私の話を聞いているの？」

レリアは、自分の姿を微笑ましく見ているセルジュを睨み付ける。

セルジュは嬉しそうに笑っていた。

「怒るなよ。ただ、やっぱり、お前っていいわ」

「は？」

こんな場面で何を言っているのか？

レリアが反応に困っていると、セルジュが歩き出した。

レリアの前を歩く。

「飾らないところがいいって話だ」

「どうせ私はがさつですよ」

セルジュの発言は嫌みだったのかと判断し、レリアは拗ねてみせた。

ただ、内心では今後のことを考えている。

(リオンはホルファート王国でルクシオンを発見した。なら、共和国にだって絶対にあるはずよ)

リオンがホルファート王国でルクシオンを発見したように、共和国――あの二作目の乙女ゲーにもチート級のアイテムが存在した。

それは、ルクシオンと同じく課金アイテムだ。

(必ずあるはずよ。なかったら困るわ。ないと――リオンたちと対等になれない)

レリアは、ルクシオンというチートアイテムを持つリオンたちを恐れていた。

ルクシオンが本気を出せば、アルゼル共和国が存在する大陸すら沈めてしまえる。

そんな話を聞いて、安心などしていられない。

だから、自分もチートアイテムの回収を決意した。

自分一人では、到底回収できなかった。

しかし、貴族ながらも、冒険者として頼りになるセルジュの力を借りてここまでやって来たのだ。

レリアは、暗い通路を歩く。

何度も木の根に足を取られ、その度にセルジュに受け止められた。

「少し休むか？」

「へ、平気よ。もう少しなの。だから、このまま先へ進むわ」

チートアイテムは目の前だ。

あの乙女ゲーをプレイしていた頃の記憶が蘇(よみがえ)る。

(あと少し。そう、この扉の向こうにあるはず)

二人の前に見えたのは、とても大きな金属のドアだった。

レリアは、操作パネルに暗証番号を打ち込む。

(番号を覚えていて良かった)

語呂合わせで覚えていた暗証番号を打ち込むと、ドアが反応する。

スライドしてぎこちなくドアが開くと、その先に広がっていたのはとても広い空間だ。

セルジュは驚いた顔をレリアに向けていた。

「お前、ドアの解錠方法を知っていたのか？」

「色々とあるのよ。ほら、いくわよ」

レリアがドアの向こう側をランタンで照らすと、その先にも巨大な木の根がいくつも見えた。

（ゲーム画面で見るよりも広い）

レリアは、一隻の飛行船――いや、宇宙船を探し始める。

その広い空間は船渠だった。

過去、旧人類の兵器たちがここにいくつも並んでいたのだろう。

今は破壊され、朽ちた宇宙船ばかりが並んでいる。

セルジュは興奮していた。

「凄ぇ！　レリア、こいつは大発見だぞ！　これを報告すれば、俺たちは歴史に名が残るぜ」

新しい遺跡の発見に加え、古代の遺物まで山のように出て来た。

セルジュはその事実に、冒険者として歓喜している。

ただ、レリアは違った。

「もっと凄い物があるのよ。ちゃんとついてきて」

セルジュを引っ張るように先に進むレリアは、目的の場所を目前に何かに気が付いた。

ランタンを壁の方へと向けると、そこには何かが埋まっている。

人型の姿をした何かが、木の根に絡まっていた。

「これ――鎧かな？」

ゲームでは見たことがない。

いや、記憶にないだけで、課金アイテムの一つかもしれない。

しかし、レリアにとってあの乙女ゲーの兵器関連は印象に薄かった。

むしろ、冒険や戦争などのパートは邪魔だと思っていたくらいだ。

セルジュが鎧に近付く。

「状態は悪くないが、胴体を撃ち抜かれている。これ、中の奴は即死だったろうな」

セルジュの話を聞いたレリアは、急に怖くなってきた。

もしかして、パイロットの魂がこの場をさまよっているかもしれない。

そう思うだけで、急にこの場が心霊スポットのように感じられる。

「や、止(や)めてよ！」

「状態が良いから、こいつも持ち帰ってみるか？　しかし、黒くて刺々(とげとげ)しい鎧だな。昔の鎧はこれが主流だったのか？　それに、随分と大きいな」

この世界の一般的な鎧よりも大きかった。

レリアはそんな鎧を見て、似ている機体を思い浮かべる。

「――あれ？　これ、アロガンツに似ている」

「アロガンツ？　そう言えば聞いたことがあるな。確か――傲慢(ごうまん)って意味だったか？」

「え、そうなの？」

アロガンツの意味を聞いたレリアは、リオンに対して何とも言えない感情を抱いた。

（あいつ、厨二病なの？　普通、自分の機体に傲慢とか付けるかな？）

そんなことを考えながら、木の根に絡まれた鎧を見ていた。

すると、レリアは妙に背筋が寒くなる。

（な、何だろう。この鎧――怖い）

恐怖心から一歩退くが、セルジュの方は興奮しているのか興味津々だ。

「レリア、こいつは俺にくれよ。使えなくても飾るから」

瞬間、レリアはセルジュの意見を拒絶した。

何か考えてのことではない。

駄目だと自分の勘が告げていたのだ。

「駄目よ！　ほら、さっさといくわよ」

「あ、おい！」

セルジュの腕を掴み、強引に先へと進む。

抵抗を見せたセルジュだが、レリアに掴まれると大人しくなった。

二人は腕を組んで歩いている。

そうして見えて来たのは、とても巨大な宇宙船だ。

角張ったシンプルな形をしているが、木の根に絡まれている。

船体の塗装は緑色に見えた。

ボロボロの宇宙船が並ぶ船渠で、その一隻の宇宙船だけは綺麗に残っている。

セルジュは唖然としながら、その宇宙船を見上げている。

「こんな馬鹿でかい飛行船が古代にあったのか」

そんな感想を聞きながら、レリアは内心で訂正する。

（違うわよ。これは宇宙船――いえ、宇宙戦艦よ）

あの乙女ゲーの設定を思い出そうとするが、今では記憶も薄れて朧気にしか思い出せなかった。

古代の宇宙船――補給艦として高い性能を持っており、戦闘も可能。

現在の技術力では太刀打ちできない古代の兵器であり、設定などから考えるとルクシオンとほぼ同時期の代物だ。

（これで――リオンたちに負けない）

補給艦を見上げているセルジュを置いて、レリアは歩き始めた。

置いていかれまいと、セルジュが追いかけてくる。

そんなセルジュが、慌ててレリアの片手に手をかけて自分の後ろに下がらせた。

「来るぞ！」

「え？　な、何が？」

一瞬の出来事にレリアは認識が追いつかず、気がつけばセルジュが襲いかかってきたモンスターを素手で殴りつけていた。

地面に叩き付けられたモンスターが、黒い煙を発して消えていく。

（こ、こいつ、素手でモンスターを殴り殺したの？）

セルジュが右手首をプラプラと動かしながら、消えていくモンスターを見ていた。左手に槍を持ち、周囲にいるモンスターたちを前に首を動かして準備運動を始める。

モンスターたちを前にして、余裕がある様子だ。

「九体か。レリア、お前は俺の後ろに下がっていろよ」

「た、倒せるの？　こんなにいるのよ？」

セルジュは槍を構えると、レリアに頼もしい背中を見せる。

「余裕！」

そこから始まるのは、一方的な戦いだった。

セルジュが槍を振るう度に、モンスターは斬り裂かれるか貫かれていく。

冒険者に憧れ、鍛えてきたセルジュは、攻略対象である男子たちの中で随一の武闘派だ。

ダンジョンに現れるモンスターを、簡単に倒していく。

セルジュよりも大きなモンスターが、力強く振り回された槍にその頭部を破壊された姿を見て、レリアは少し気分が悪くなった。

ただ、見た目が空を飛ぶサメのような凶悪なモンスターを、セルジュが倒してくれるのは本当にありがたい。自分では倒せないからだ。

(やっぱり、セルジュを連れてきたのは正解だったわね。それに、強い。セルジュって、リオンたちよりも強いかも)

冒険者の本場はホルファート王国であり、王国出身のリオンたちは全員が一定以上の強さを持っていた。

しかし、レリアにはセルジュも負けていないように見える。

むしろ、目の前で頼もしい姿を見せられ、セルジュの方が強く見えていた。

「これで終わり、っと！」

あっさりとモンスターたちを倒してしまったセルジュは、モンスターがいなくなったのを確認して槍をしまう。

レリアはセルジュに、少し興奮しながらも驚きとお礼を一緒に伝える。

「あ、あんた、強かったのね。見直したわ！」

「これくらい出来ないと、生き残れないからな。惚れたか？」

「惚れてはいないけど、見直したわ。守ってくれてありがとう、セルジュ」

冗談を言い合い、張り詰めた空気が和らぐのをレリアは感じていた。

セルジュが再び視線を補給艦へと向ける。

考え事をしているセルジュに、レリアは首をかしげて問いかけた。

「どうしたのよ？」

「いや、こんなお宝があるのに、随分と楽に到達できたと思ってさ」

「今まで苦労してきたじゃない！　ここまで来るのに、何度か死ぬかと思ったわよ！」

冒険に不慣れなレリアにしてみれば、落ちれば即死の道のりを越えてきただけでも大冒険だった。

対して、セルジュは物足りなさを感じていた。

「迷わず一直線に進んできたからな。順調すぎてびっくりしたよ。お前、もしかしてお宝がここにあるのを知っていたのか？」

知っていたと答えれば、どうして知っているのかと問われるだろう。

レリアは、あらかじめ考えていた言い訳を口にする。

「私も本当にあるとは思わなかったわ。でも、昔――聞いたことがあったのよ」

自分も驚いていると言い、セルジュの追及をかわして補給艦への入り口の前に立った。

すると、何もしていないのにドアが開く。

先程のドアとは違い、開閉はスムーズだった。

そして、ドアの向こうには金属の球体が浮かんでいる。

ソフトボールくらいの大きさで、赤いレンズを一つ目のように持つ何か。

そいつはレリアたちの視線の高さに浮かんでいた。

突然の出現に、セルジュが武器を手に取ってレリアの前に飛び出る。

槍を構えたセルジュは、庇(かば)ったレリアに下がるように叫ぶ。

「レリア、下がれ！」

ただ、レリアは安堵(あんど)していた。

目の前にいるのは、ルクシオンの色違い――青い球体型の子機だったからだ。

「セルジュ、落ち着いて。大丈夫だから」

「そ、そうか？」

セルジュはいつでも戦えるように武器から手を離さず、青い球体の動きを警戒していた。

レリアは、目の前の存在に敵意がないと確信する。

その理由は、ルクシオンと同じ子機であるなら、戦闘には向かないからだ。

「話をしたいわ」

声をかけると、青い球体が随分と明るい口調で話しかけてきた。

『お客様が訪れたのは随分と久しぶりです』

滑らかな電子音声は、男性に近い声質だった。

ルクシオンよりも感情が出ている。

セルジュが驚いた顔をしていたが、レリアは動じずに話を続けた。

「この船が欲しいの。マスター登録を希望するわ」

率直に申し出ると、青い球体は興味深そうに話し始める。

『私が欲しい？　――ふむ、色々と気になるところではありますが、私としてもこの場で待機するのは飽きてきたところです。しかし、勝手にここを抜け出すことは出来ませんからね。マスターが現れるのは非常に好都合です』

どうしてレリアが自分の存在やマスター登録を知っているのか？

青い球体は気になるようだが、自分もいい加減に外に出たいと言って好意的に提案を受け入れようとしていた。

そんな様子を、セルジュが心配そうに見ている。

「レリア、本当に大丈夫なのか？　こいつ、何なんだよ？」

セルジュの疑問に答えるのは――。

『おっと、失礼いたしました！　名前を名乗っていませんでしたね。私は【イデアル】――補給艦イデアルと申します』

レリアはホッと一息ついた。

それは安堵の溜息だ。

(良かった。あの乙女ゲーと同じ名前だ)

あの乙女ゲーの課金アイテムである補給艦の名前もイデアルだった。

だから、目の前にいる存在は――自分が知っているチートアイテムである。

レリアは一歩前に出る。

「なら、すぐにマスター登録をお願いするわ」

『どうしてマスター登録を知っておられるのでしょうね？　貴女は興味の尽きない存在です。ですが、今はマスター登録を優先しましょうか』

青い球体――イデアルの子機が、赤いレンズから光を発して二人の体をスキャンした。

イデアルは、興味深くレリアの周囲を飛び回る。

「な、何よ？」

『興味深いデータを得られました。今日は良い日になりそうです』

「そ、そう？」

ルクシオンの態度を見て、もっと自分が想像する人工知能的な受け答えをするのかと思っていたが、イデアルはとてもフレンドリーである。

何より、マスター登録をしたレリアに対して、態度は随分と丁寧だった。

『どうやらお二人ともお疲れのご様子。すぐに部屋を用意しますので、そちらでお休みください。さ、さ、どうぞ中へ』

艦内へと案内するため先導するイデアルに続くレリアは、内部に入って驚いた。

随分と綺麗なのだ。

それはセルジュも同じだったのか、壁に手を触れる。

「こんな完璧な状態のロストアイテムは初めて見たぜ」

セルジュの言葉に興味を持ったのか、イデアルは一つ目をレリアたちに向けた。

『ロストアイテムですか？　確かに、私を建造する技術はロストしているでしょうね。これは、外に出た時が楽しみです』

「楽しみ？　あんた、人工知能なのに感情が豊かかね」

外に出られることを喜ぶイデアルに、レリアは呆れてしまう。

『――本当に貴女は興味深いですね』

イデアルは前を向いてレリアたちの案内に戻る。

すると、セルジュが話しかけてきた。

「おい、レリア――人工知能って何だ？」

レリアは咄嗟に口を押さえる。

(しまった。油断したわね)

「な、何でもないわ。それより、これで休めるわよ」

「そうだな。でも、俺としては船内を見て回りたいけどな」

ワクワクした様子のセルジュは、キョロキョロと視線を動かしている。

レリアは、先導するイデアルの子機に視線を向けた。

(手に入れた。私もチートアイテムを手に入れたわ。これで——リオンたちに怯えなくてすむ)

チートアイテムを手に入れたことにより、レリアは安堵する。

『こちらでしばらくお待ちください』

イデアルに案内された部屋に辿り着くと、そこは休憩所のようなスペースだった。

ソファーが置かれ、自販機や観葉植物も設置されている。

セルジュは汚れも落とさぬまま、ソファーにドカッと腰を下ろしていた。

「これ、良い感じだぜ。レリアも座ったらどうだ？」

「あんた、本当に大雑把よね。ま、いいけどさ」

レリアも腰を下ろすと、歩き疲れたこともあって急に疲れが出てくる。

イデアルは、二人を部屋に残してどこかへと向かうようだ。

『では、私はこれで』

「どこに行くのよ？」

『外へ出るための準備です。すぐに食事をお持ちしますので、それまではゆっくりしていてください』

イデアルが出ていくと、セルジュが微笑んでいた。

「気が利く奴だな」

長年、この場で待機していた補給艦に食料などあるのだろうか？

少し気になったレリアだが、視線を感じてセルジュの方を見る。

すると、セルジュが顔を近付けていた。

「ちょ、ちょっと！」

慌てて両手で押しのければ、片手をセルジュに掴まれて引き寄せられる。

セルジュの目は、真剣だった。

「――レリア、どうしてエミールなんかと婚約したんだ？」

急に婚約の話をされて、レリアは後ろめたい気持ちになった。

セルジュが自分のことを好いていると、知っていたからだ。

「か、関係ないでしょ。だって、あんたはしばらく学院にいなかったし、話をする暇もなかったわ。何？　文句でもあるの？」

セルジュが何を言いたいのか、レリアは察していた。

セルジュが目を細め、少し悔しそうな顔をしている。

「俺の気持ちを知っているだろう？　レリア、俺はお前のことが好きだ。――愛している」

心のこもった言葉を受けるが、レリアはセルジュから視線をそらした。

(愛している、なんて言葉ほど安っぽいものはないわね)

レリアは前世を思い出し、そして首を横に振った。

「――もう、遅いのよ。私にはエミールがいるわ」

立ち上がってセルジュから距離を取るが、追いかけられる。

セルジュはレリアの両肩を手で掴み、そして自分の方を向かせるのだった。

「俺がお前を幸せにしてやる。だから、俺と来い」

真剣なセルジュの顔を見て、心が揺らぐレリアは――そのままセルジュを手で押して離れた。

「セルジュ、冗談は止めて。それに、貴方はラウルト家の嫡子でしょ？　私とでは身分が釣り合わないわ」

「身分ならエミールだって同じだ。関係あるか！　俺はお前が――」

言い争いが続く中、部屋に入ってくるのはイデアルだった。

陽気な声を発している。

『いや～、久しぶりに食事を用意しましたよ。あ、ご心配なく。食材はしっかり保存していたので、腐ってなどいません。というか、私は艦内である程度の物は生産可能ですからね。食料くらいすぐに用意できますよ！　――おや？　何か揉め事ですか？』

気まずい空気を出すレリアとセルジュの二人は、イデアルの登場によりこの話題を引っ込める。

レリアがセルジュから離れ、腕を組む。

「何でもないわよ」

（やっぱり、人工知能に人間の感情なんて理解できないわね）

空気の読めないイデアルに、レリアは少し呆れるのだった。

# 第01話 「笑えない屑」

『――と、言うわけです。マスターが過去に犬のノエルを飼っていたのは事実であり、その後にノエル・ベルトレを助けたのです。また、浮気を疑われていますが、マスターにそこまでの度胸はありません。ご安心ください』

場所は俺の家。

瞳からハイライトの消えたアンジェとリビアの二人により、取り調べを受けていた俺を助けてくれたのは――ルクシオンだった。

二人に取り調べを受けること一時間。

いくら言い訳をしても覆せないこの状況に、ルクシオンの奴が乗り込んできたのだ。

アンジェが腰に手を当てて、溜息を吐く。

「我々も早とちりをしていたというわけか。リオン、許してくれ。我々が悪かった」

リビアが俺に抱きついてくる。

「リオンさんごめんなさい。浮気なんてしていなかったんですね。それなのに疑うなんて、私は最低です」

俺は広い心で二人の謝罪を受け入れることにした。

「二人ともいいんだよ。疑われた俺の方も悪いから。だけど――お前らは駄目だ。絶対に許さないからな」

きつい視線を向ける先にいるのは、ルクシオンとクレアーレだ。

二人とも、一つ目を俺からそらしている。

ルクシオンがヤレヤレという雰囲気で。

『フォローした我々を許さないとは、心の狭いマスターですね』

クレアーレはどこか楽しそうにしている。

『本当よね！　疑われる行動をしたマスターにも問題があるのにね！　このまま私たちがフォローしなかったら、誤解はきっと解けなかったわ。それなのに、絶対に許さないなんて逆恨みよ』

言いたいことはそれだけか、この裏切り者共が。

「ふざけるなよ。お前らが最初から俺を助けるつもりなら、そもそもアンジェもリビアも俺を疑っていなかっただろうが！」

『端から見れば、マスターの行動は浮気を疑われても仕方がないと思いますよ』

ルクシオンの意見に、アンジェは納得している。

「そうだな。結婚式で花嫁を強奪などと聞けば、疑っても仕方がない」

「違う。あれは強奪じゃないんだ。不幸な結婚式を止めただけなんだ」

俺の言い訳を聞くアンジェは、何か言いたそうにしながらも浮気を疑った負い目があるために普段の勢いがなかった。

「ノエルの件は同情するよ。だから、助けたことを責めはしない。――だが、これからどうするつもりだ？　リオン、お前はこれからのことを考えているのか？」

ノエルの扱いについての話になると、俺は頬を指でかく。

あまり深く考えていないし、そもそも俺が決める話ではない。

「ノエルが決める話だ」

アンジェは俺の答えに納得できなかったようだ。

「聖樹の巫女の話が本当ならば、是が非でも連れ帰るべきだ」

聖樹――それは人々にエネルギーを供給してくれる存在だ。

クリーンなフリーエネルギーとでも言えばいいのかな？

エネルギー問題を解決してくれる凄い植物だ。

そして俺の手元には、そんな聖樹に生長する苗木が存在する。

好都合なことに、苗木は巫女まで選んでしまった。

これを持って故郷に帰還し、聖樹の苗木を埋めれば将来的にホルファート王国はエネルギー問題に苦しまずに済む。

アンジェの立場を考えれば、ノエルを連れて帰れと言っても仕方がなかった。

ただ、それに納得できないのはリビアだ。

「ま、待ってください！　ノエルさんの意志はどうするんですか？　ノエルさん、答えを出していないんですよね？　迷っているんですよね？」

ノエルの意志を尊重するべきと言う。

アンジェとリビアの意見は、真っ向から対立することになった。

アンジェが理路整然とリビアを説得する。

「ノエルには悪いが、将来的にエネルギー問題が解決する。これはもう、個人の問題ではないからな。確かにノエルには窮屈な人生が待っているだろうが、将来的に王国の重要な問題が一つ解決する。

——悪いが、ノエルに選択権は与えたくない」

絶対に連れて帰りたいアンジェの気持ちも理解できる。

エネルギー問題に苦しまずに済むなら、それは幸せなことである。

ただ、リビアは納得しなかった。

メリットを提示されても、感情で反対している。

「そんなの駄目です。ノエルさんが幸せじゃありません。それに、ノエルさんはここに残るか、王国に来るか選べるんですよね？　無理矢理連れていくなんて、許されません」

「言葉が悪かったな。ならば、ノエルには最大限の配慮をしよう。ノエルが望むなら、贅沢な暮らしだってさせてやる」

「そうじゃない。そうじゃないんです！　アンジェ、どうしたんですか？　いつものアンジェらしくありませんよ。ノエルさんを犠牲にするやり方なんて、いつものアンジェなら絶対に選びません」

徐々に二人はヒートアップしてくる。

アンジェも感情的になってきた。

「一人の犠牲で、将来的に大勢が救えるなら――大勢を選ぶのが私の考えだ。別にノエルを不幸にするとは言っていない」

最大限配慮するというアンジェに対して、どうしてもリビアは納得しなかった。

「ノエルさんは道具じゃありません！」

アンジェが、ノエルを道具のように見ているのが許せないのだろう。

それを指摘されたアンジェが、少しだけ狼狽えてしまう。

本人にも自覚があったようだ。

「道具と見ていたのは事実だろうな。こんなおいしい話、リオンが持ち込まなければ疑っていたくらいだよ。――だが、知ってしまったからには、何としてもノエルを王国に連れ帰るぞ。リオン、お前も手を貸せ」

アンジェが俺に同意を求めてくると、リビアが俺の腕を掴むのだった。

悲しそうな目を向けてくる。

そ、そんな目で見ないで。

「リオンさん、アンジェを止めてください。こんなの駄目です。ノエルさんを道具扱いしてまで、幸せになりたいんですか？」

「え、えっとね～」

視線をさまよわせていると、アンジェが俺の反対側の手を掴んだ。

「リオン、お前はもうホルファート王国の伯爵だ。民を守る義務がある。お前が責任を負いたくないのは知っているが、この件からは絶対に逃がさないぞ」

個人を見ているリビア。

そして、アンジェは全体を見ている。

リビアはノエルの幸せを願い、アンジェはノエルを犠牲にしてその他大勢の幸せを願っている。

——待って、これって俺が選ぶの？　こんな大事なことを!?

困っている俺に助け船を出したのは、ルクシオンだった。

『マスターがノエルを受け入れれば、全て解決する問題ですね』

この人工知能、本当に火に油を注ぐのが好きだな。

「お前のそういう感情を無視するところが俺は嫌いだな」

『おや？　ノエルの感情から目を背けるマスターに言われたくありませんね。マスターがノエルを受け入れれば、ノエルは幸せです。そして、ホルファート王国も聖樹を手に入れて幸せになります。全てが丸く収まります』

どこが!?　そこに俺の幸せはあるの!?

「俺が受け入れれば丸く収まるなんて、そんなの——あ、あれ？　アンジェ、どうしたの？」

アンジェが俯き、色々と考え込んでいた。

ゆっくりと顔を上げると、俺の瞳を見つめてきた。

「ルクシオンの話だが、悪くない提案だ。リオン——ノエルを受け入れろ」

アンジェの言葉に、リビアが首を横に振る。

「アンジェ、どうしてですか。リオンさんが浮気をするのは、あれだけ許せないって」

信じられないといった様子のリビアを見て、アンジェは顔を背けた。

「――それだけの価値があるからだ。リオン、私を捨ててもいい。だから、お前はノエルを受け入れろ」

自分を納得させるように呟くアンジェを見た俺は――この場から逃げ出すことにした。

「い、嫌だ」

「リオン？」

「絶対に嫌だ！　アンジェと別れるとか、嫌だからな！」

叫びながら部屋から飛び出すと、リビアの声が聞こえてくる。

「リオンさん!?」

◇

『お二人を残して部屋を出るなんて、最低ではないでしょうか？』

家を飛び出した俺は、ルクシオンと二人でマリエの屋敷に向かっていた。

「五月蠅いぞ。それから、お前が俺を裏切ったことに変わりはないからな。あ〜あ、やっぱり人工知能って人類を裏切る危険な存在だよな」

『私は人類を裏切りません。新人類は対象外ですけどね』

それは裏切ると言っているのと同じではないだろうか？

「この裏切り者」

『ノエルのためを思うならば、側に置くべきです』

「それとお前の裏切りに何の関係があるよ？」

アンジェとリビアに浮気を疑われるとか、二度と経験したくはないよ。

それにしても、今回のこいつの動きは怪しすぎる。

本当に俺を裏切るつもりだろうか？

「真面目な話をしようか。――ルクシオン、どうしてあの状況を作り出した？　わざわざクレアーレまで巻き込んだだろ？」

『気付いたのですか？　マスターにしては察しが良いですね』

毎回のように嫌みを言ってくる奴だ。

今回は聞き流し、本題を優先する。

「茶化すなよ」

『残念ながら、ノエルに平穏な将来など訪れません。ならば、彼女の望みを叶えつつ、我々にも利益が出る方法を選択するべきです』

「我々、ね」

『マスターがノエルを受け入れれば、王国は聖樹を手に入れます。現時点で共和国の聖樹並の力はないでしょうが、将来的にはエネルギー問題を解決してくれますね。それは大きな利益ですよ』

「将来のことは、将来の人間がどうにかすればいい。本当のことを言え」

『本当のことなのですがね。――もっと言えば、ノエルに自由などありません。彼女の価値を知れば、王国だけではなく他国まで動きます。マスター、ノエルが側にいなければ守ることは出来ませんよ』

ペラペラと理由を並べていくルクシオンだが、どれも嘘のように聞こえてくる。

「本音じゃないだろ？」

『まだ疑うのですか？　それでは、ハッキリと申し上げます。もしも他国がノエルを確保した場合、ありとあらゆる手段を執るでしょう。それこそ、マスターが後悔するような結末を迎えます。望まぬ結婚だけならまだ幸運です。最悪は洗脳されて道具扱いですよ』

聖樹の苗木と、巫女であるノエルは他国も喉から手が出るほどに欲するはずだ。

それは理解できるが、そこまでするのか。

「共和国ではノエルを守れないのか？　自分たちの巫女だぞ」

『おや？　あれだけ手を煩（わずら）わされてきたというのに、まだ共和国を信じているのですか？』

共和国に来てから、俺は六大貴族たちに迷惑をかけられている。

六大貴族の地位を利用し、好き勝手にしてきたピエール。

ノエルを手に入れるために、無理矢理結婚しようとしたロイク。

確かに、迷惑な連中だった。

全て力でねじ伏せてきたが、俺がいなくなればどう動くだろうか？

「巫女に選ばれたのに、幸せになれないとか酷いな。ゲームならハッピーエンドだったのに」

つい愚痴ってしまう。

あの乙女ゲーでは、巫女に選ばれたノエルは幸せになれたはずだ。

好きな男性と結ばれ、そして滅んでしまった家を再興して――。

それなのに、今のノエルはどうだ？

何も手に入れていないし、幸せでもない。

「ルクシオン、何が悪かったんだろうな？」

『ノエルが物語通りに幸せではないことが、ですか？』

「――俺たちの。いや、俺のせいか？」

アルゼル共和国に俺たちが来てしまったせいで、ノエルは幸せになれなかったのではないか？　そんな不安があった。

『相変わらず自意識過剰ですね。マスターがそれほどまでに世界に影響を与えているとでも言いたいのですか？　もしや、世界が自分を中心に回っていると思っていませんか？』

「お前、俺のこと嫌いか？　心にグサグサくるような言葉を投げかけて、何とも思わないの？　俺はお前のマスターだよね？」

『マスターの心は鋼のように硬いので大丈夫です』

「ガラスのハートだよ！　繊細なんだよ！　もっと気を遣えよ！」

『繊細という言葉を辞書で調べるべきですね。どうやらマスターは、繊細という言葉を違う意味で覚えているようです』

本当に腹の立つ奴だ。

口は悪いし、裏切るし。

乙女ゲー世界の人工知能が酷すぎる！

ルクシオンと言い合いながらマリエの屋敷にやって来ると、玄関が騒がしかった。

「何だ？」

覗き込むと、そこには頭を抱えているマリエの姿があった。

困っている様子のジルクも見える。

ルクシオンが会話を確認すると、驚愕の事実が判明する。

『おや、どうやらジルクが詐欺行為を働いたようですよ。会話の内容から察するに、マリエに追い出された際の出来事かと』

「え!?」

ジルクが詐欺をしてお金を稼いでいたと聞き、俺は驚いて声を出してしまった。

すると、玄関先で頭を抱えていたマリエが俺たちの方へと駆け寄ってきた。

「あ、あにぎぃぃぃ!!」

泣きながら俺に飛び込んでくるマリエを受け止めようとすると、勢いがあったのか腹部に強い衝撃を受けた。

「おふっ!?」

マリエにタックルを食らったような形になった俺は、お腹を押さえて膝をつく。

そんな俺に抱きついてくるマリエは、泣きながら事情を説明してくる。

お、お前、先に俺に謝罪をしろよ。

「ジルクが――ジルクが！」

「陰険野郎がどうした？」

何とか立ち上がったところで、ジルクもやって来た。

「マリエさん、話を聞いてください！」

瞬間、マリエの顔は鬼の形相になった。

「話を聞けですって!? あんた、自分が何をやったのか分かっているの！ 誰が、人様に迷惑をかけてでも稼げって言ったのよ！」

お腹をさすりながら話を聞けば、どうやらジルクは古美術商として稼いでいる時に詐欺を行ったそうだ。

「違うんです！ わ、私も最初は真面目に商売をしようとしました。ですが、私の選ぶ品を誰も買おうとしなくて――見る目のない連中には、それに相応しい品を用意してやろうと思って――そ、そしたら、商品が飛ぶように売れたんです」

「てめぇこの野郎ぉぉぉ!! それを詐欺って言うのよ！」

マリエがジルクの胸倉を掴み、前後に激しく揺すっていた。

揺すられているジルクが、ちょっと嬉しそうに見えるのは気のせいだと思いたい。

しかし、今の問題はジルクの詐欺行為についてだ。

「こいつ、前から笑えない屑だとは思っていたが、本当の屑だったのか」

ルクシオンも、ジルクに対する評価は五馬鹿の中で一番低いようだ。

『過去にマスターとの決闘で、機体に爆弾を仕掛けましたからね。こいつは他と比べると、確かに屑の度合いは一番高いかと』

五馬鹿たちはどいつもこいつも屑揃いだが、他の四人はまだ笑える屑である。

しかし、ジルクだけは笑えなかった。

マリエが息を切らしながら、ジルクを解放する。

膝から崩れ落ちたマリエは、両手を地面について泣いていた。

そして叫ぶ。

「私は――私は一体、どれだけの人に土下座しないといけないのよぉぉぉ!!」

マリエの泣き叫ぶ声が辺りに響き渡った。

涙を流しているマリエを見て、流石の俺も少し同情してしまう。

「どうしてこいつは、駄目な男ばかり引き寄せるのかな?」

ルクシオンに尋ねると、返ってきた答えは辛辣だった。

『駄目な男を引き寄せているというよりも、男を駄目にしているのでは?　まぁ、五馬鹿が元から駄目だったのもありますから、両方でしょうね』

「お前は容赦がないな」

『そうですか?』

すると、バタバタと屋敷の住人たちが飛び出てくる。

飛び出してきたのはユリウスだが、エプロンを装着してねじり鉢巻き姿だった。

「マリエ、何があった！」

マリエの泣き声を聞いて飛び出してきたのだろうが、元王太子――王子様が、ねじり鉢巻きにエプロン姿というのは、違和感がある。

ユリウスがマリエを抱きかかえると、マリエが泣きながら笑っていた。

そして、次に飛び出してきたのはブラッドだ。

友達の鳩と兎を抱きしめながら、俺たちの方にやって来る。

「どうしたんだい？　あれ？　バルトファルトはどうしてここにいるの？　あ、そうか。僕がいなくて寂しかったんだね」

「それはねーよ」

ナルシストなブラッドの発言を即座に切り捨てると、次に出て来たのはふんどし姿でデッキブラシを持ったクリスだった。

「マリエの叫び声が聞こえたが、何かあったのか？　ん？　バルトファルト、どうしてお前がここにいる？」

説明するのが面倒くさい。

あと、こいつらは最近になってキャラが濃くなってしまった。

本人たちは楽しそうにしているが、それでいいのかと疑問を投げかけたくなってくる。

次に飛び出してきたのは、上着を脱いだグレッグだった。

「マリエの声が――バルトファルト、なんでお前がここにいるんだ？」

みんなして、俺がここにいることが気になるようだ。

ただ、今は重要ではないので、俺が現状について簡単に説明する。

「ジルクが詐欺を働いたらしいぞ。それを知ったマリエはこの有様だ」

泣きながら笑っているマリエと、目を回して倒れているジルクを見る四人。

ユリウスのジルクを見る目は、軽蔑がこめられていた。

「お前という男は、俺と勝負がしたいとか色々と言っておいて、詐欺を働いただと？」

他の三人も同様だ。

ブラッドは、鳩と兎を抱きしめつつ冷たい目をジルクに向けていた。

「あり得ないよ。ちょっと、いや、普通に駄目だよ」

クリスなど、眼鏡を怪しく光らせている。

「この男、前から思っていたが、手段を選ばないところがあるな」

グレッグは筋トレ中だったのか、筋肉が膨らんでいた。

「ナヨナヨして、筋肉を鍛えないから性格が歪むんだ」

それは絶対に関係ないと思う。

ユリウスがマリエを俺に託してくる。

「バルトファルト、マリエを頼む」

「え？　お前らはどうするんだよ？」

「ジルクは俺の乳兄弟(ちきょうだい)だ。兄弟同然に育ってきた。――だから、俺がジルクの根性を叩き直してやる！」

四人に連れて行かれるジルクを見送ると、マリエが正気に戻った。

「はっ!?　ジルクは!?」

「ユリウスたちに連れて行かれたよ。これから説教じゃないか？」

マリエは大きく肩を落としていた。

両手で顔を押さえる。

「何で詐欺なんてするのよ。これなら、まだ稼がずに戻ってきてくれる方が良かった」

「お前も大変だな」

逆ハーレムを夢見て、五人の貴公子を籠絡(ろうらく)したマリエは――どうしてだろうか？　幸せには見えなかった。

◇

菓子折を持って訪れた先は、ジルクが美術品などを売りつけた商家だ。

とても大きな屋敷を構えている、大きな商家である。

そんな相手に詐欺を働いたジルクは、嫌な才能を持って生まれた男だな。

緊張したマリエは、ガタガタと震えていた。

「ほ、ほほほ、本日はお日柄も良く」

謝罪のために訪れたのだが、マリエは緊張して役に立たなかった。

仕方なく――本当に仕方なく、俺がこうして付き添っている。

マリエに代わり、俺が商家の当主と話をする。

「急な訪問、申し訳ありません」

「――いえ、いつか来られるだろうと思っていました」

購入した商品が偽物だと気付いていたのだろうか？

ただ、細身で背の高い当主は、俺たちを前にしてどこか緊張しているように見える。

「えっと、実は――」

「分かっています」

「――え？」

当主が執事らしき人物に指示を出すと、前もって用意していたのか、ジルクが売りつけた商品を取り出した。

しかし、とても丁寧に扱っている。

わざわざ、手袋をしてティーカップをテーブルの上にそっと置いた。

偽物だと知らなければ、とても高価な物に見える品だ。

これなら、俺も騙（だま）されたかもしれない。

しかし、ここで思わぬ方向に話が進む。

「これがジルクから買い取った商品ですか？」

「――はい」

当主がティーカップを見る目は、何とも悲しそうに見えた。

周囲にいる執事や使用人たちも、どこか緊張した様子で俺たちを見ている。

——何かがおかしい。

騙されたのに、怒っている様子がない。

いや、もしかして——騙されたことに気付いていないのではないか？

そんなことに気が付くと、マリエも周囲の雰囲気から察したようだ。

少し悩んでいたが、ジルクほど屑ではなかったのか、偽物である事を告げるためにマリエが口を開いた。

「あ、あの！」

「分かっています！　この品を——取り戻しに来たのでしょう？　これだけの品です。たったあれだけの値段で手に入るとは思っておりませんでした」

「は、はい。——え？」

当主の反応がおかしい。

俺は探りを入れることにした。

「いえ、取り戻そうなどとは考えていませんよ。実は、知り合いが古美術商をしていると聞き、信じられずに話を聞きに来たんです」

「な、何と！　そ、そうだったのですか？」

当主が目に見えて緊張から解放されていた。

「俺は美術品に詳しくありませんが、そのティーカップは高価な代物なのですか？」

俺がティーカップを見れば、当主が目を見開いて饒舌に説明してくれる。

「もちろんです！　これは今から五百年も前に、製法の伝承が途絶した品です。私もいくつか持っていましたが、完璧な状態で残っている物はありませんでした。その時代の最高傑作とも言える品で、これだけ完璧な保存状態の品は数えるほどしかありません！　詳しい者たちにも見せましたが、皆が売って欲しいと五月蠅くて大変でしたよ！」

大喜びで自分のコレクションを自慢する当主を見て、俺は「そうですか〜」と笑顔で頷いていた。

マリエが不安そうな顔で俺を見ている。

だから——小声でルクシオンに確認した。

「本物か？」

『はい』

ルクシオンの短い返事に、俺は一体何が起こっているのか分からずに困惑する。

顔には出さない。

「あははは、あいつが古美術商としてしっかりやっていて驚きましたよ。——ところで、ジルクが取引した相手を他に知りませんか？」

これは偶然だろうか？

次の客を聞き出すついでに、ジルクについても話を聞く。

「ジルク殿は若いのにかなりの目利き。いえ、あれは目利きとは言いませんね。本物に出会う引きの強さ、とでも言えばいいのでしょうか？　彼は天才ですよ！」

見る目のないジルクが絶賛されているだと!?

もしかして、あいつは本当に才能があったのだろうか？

当主がティーカップを大事にしまう。

そして、俺を前に笑顔を見せた。

「それにしても、ホルファート王国の伯爵様が来ると聞いた時は、どうなることかと思いましたよ」

「俺ですか？」

「はい。色々な噂が広まっており、中にはとんでもない噂もありましたからね。私の購入した品を取り返しに来るのではないかと思い、内心では焦っておりました」

いや、焦っているのは十分に伝わったよ。

それよりも、俺の噂って何だよ？

「俺の噂が気になりますね」

「私の口からはとても言えません。ですが、伯爵様はお若いのに紳士であられる」

俺が紳士？　確かに師匠を目指してはいるが、未熟だというのは自覚している。

そんな俺が紳士に見えるのか？　ま、お世辞だな。

しかし、嬉しいので喜んでおく。

「お世辞がうまいですね」

「いえ、事実です」

当主の顔が、真剣なものになった。

「――王国が羨ましいですね」

それ以上は語らなかったが、何やら共和国の貴族に対して含みがありそうな印象を受けた。

◇

その後も追跡調査を行ったが、謝罪回りの必要はなかった。

皆が口を揃えて言うのだ。

「ジルク殿は天才です！　いえ、芸術の神に愛されている！」

「ガラクタの山から、本物の宝を見抜いて救い出すその姿は、芸術の救世主です！」

「わたくし、ジルク殿が共和国で生まれていれば、支援は惜しみませんでしたわ。王国が羨ましいですわ」

ご理解いただけるだろうか？

詐欺を働いたと思い込んでいるのは、ジルクだけだったのだ。

屋敷に戻ってきた俺たちは、頭を抱えることになる。

「一体何がどうなっているの？　みんながみんな、私たちにジルクの審美眼を絶賛してくるとは思わなかったわ」

結果的に詐欺行為に手を出していなかったわけで、安堵したのかマリエは放心状態だった。

「あいつ、実は見る目があったのか？」

屋敷で悩んでいると、殴られた跡がある顔のジルクがやって来る。

痛々しい姿ながら、勝ち誇った笑みを浮かべていた。

「おや、見る目のないバルトファルト伯爵ではありませんか」

「お前も嫌な奴だよな」

「事実では？　それにしても、皆さんの早とちりにも困ったものです。私は、彼らが欲しがる品を見つけて適正価格で売っただけのこと。それを罪と言われては、困ってしまいますよ」

口ではこう言っているが、本人が売りつけたのは――自分が芸術だと思わない品だ。

しかし、商品を購入した客たちは、全員が納得していた。

ルクシオンも確認したが、全て本物だったのだ。

偶然とは言えないだろう。

ジルクが俺をチラチラと見てくる。

「おや？　謝ってくれないのですか？」

「お前を殴ったのはユリウスたちだ。それから、決闘で爆弾を使ったことを許してやっただけ、ありがたいと思え」

「ま、そういうことにしておきましょう」

首を横に振り、納得していない様子を見せていた。

腹の立つ陰険野郎だ。

だが、ここでマリエが何かに気付いたようだ。

「ちょっと待って――つまり、ジルクは他人が望む物を用意した場合は、本物を揃えることが出来るのよね？」

マリエが目を輝かせているのを見て、ジルクは複雑そうな表情を浮かべていた。

「いえ、あの――マリエさん？　私は普段から本物を見抜いていますよ。ただ、今回に限っては、見る目のない彼らに相応しい品を用意しただけでして」

「それでいいのよ！　ジルク、なんでそれを今までしなかったの！」

「え、えっと――」

「本物を売るなら詐欺じゃないわ！　つまり、ジルクの審美眼を頼れば、今後の生活は安泰ってことじゃない！」

確かに、成功すれば大儲けできるだろう。

実際にジルクは、短期間で大金を稼いでいる。

複雑そうな表情のジルクだが、マリエに頼まれては断れないようだ。

マリエの提案を受け入れる。

「わ、分かりました。ならば、マリエさんに相応しい品を選ばせていただきます」

「期待しているわよ、ジルク！」

「お任せください。他の四人とは出来が違うというのを教えて差し上げますよ」

さらりと他の四人よりも自分を持ち上げている。

やっぱりこいつは性格が悪いな。

# 第02話「セルジュ」

レリアが屋敷に戻ってきたのは、冬休みも半ばに入ろうとしている頃だった。

婚約者であるエミールと暮らしているのだが、しばらく戻らなかったこともあり心配をかけていた。

「レリア、ダンジョンに挑んだってどういうこと!?」

問い詰めてくるエミールが煩わしく、レリアの態度は素っ気なかった。

「だから、冬休み前にダンジョンに挑むって言ったじゃない」

「こんなに本格的な物だとは聞いていないよ！」

エミールからすれば、もっと簡単に終わると思い込んでいたようだ。

だが、本格的にダンジョンに挑んだことを聞き、我慢できずにレリアを問い詰めた。

「どうして危ないことをするんだい？　そんなことをしなくても、十分に暮らしていけるじゃないか」

「だから、大事な用事があったのよ」

エミールに詳しい事情を話せない。

そのため、レリアの説明は、エミールにとって納得できないものになっていた。

そんな様子を見ていたのは、レリアの側にいたイデアルだ。

急に姿を現してきた。

『はじめまして、エミールさん。私はイデアル。レリアさんに仕えている宇宙船――おっと、伝わりませんね。飛行船です』

現れたイデアルを前に、エミールは混乱しているようだった。

「ひ、飛行船？　こんなに小さいのに？」

『あ、本隊は別にいますよ。レリアさんとセルジュさんに拾われて、こうして外に出てきたのです。いや～、本当に助かりました』

「――え？　セルジュも一緒だったの？」

ペラペラと喋るイデアルを見て、レリアは咄嗟に両手を伸ばした。

イデアルを捕まえる。

「な、何で出て来たのよ！」

『いえ、私から説明した方が誤解も解けると思いまして』

「ば、馬鹿！　出てこないで、って言ったでしょう！」

『え？　私が聞いている指示は、少しの間だけ隠れていて――だったのでは？』

指示の仕方がまずかった事に気が付いたレリアは、エミールに視線を向けた。

どうやって説明しようか悩んでいると、エミールが先程よりもきつい態度で問いかけてくる。

「レリア、どういうこと!?　どうしてセルジュと一緒なのさ！」

声が大きくなったエミールを見て、レリアは少し驚いた。

気弱なエミールが、ここまで怒るとは思っていなかったのだ。

「な、何よ。別に良いでしょ！　ダンジョンの攻略に必要だったから、手伝ってもらっただけよ」

「男と二人だなんて聞いていないよ！　レリア、僕たちは婚約したんだよ？」

レリアは、セルジュの誘いを断ってエミールを選んだことを思い出す。

だから余計に、自分を信じないエミールに腹が立った。

（私はセルジュの誘いを断ったのに、浮気を疑うの？）

レリアはエミールよりも声を張り上げた。

「何もなかったわよ！　それより、私が何かをする度に、そうやって問い詰めてくるつもり？　ただの男友達に嫉妬しないで！」

「嫉妬するさ。よりにもよってセルジュだよ？　セルジュが君をどう思っているか、僕が知らないとでも思ったの？」

「——何？　私が信じられないの？」

目を細めて低い声を出すと、エミールが肩を震わせた。

「い、いや、そういう意味じゃなくて」

押しに弱いエミールだ。

強く言えば引き下がると思っていたが、今日はいつもより抵抗が強かった。

ただ、その程度の事だとレリアは考えていた。

「もうこの話はしないで。——いいわね？」

「う、うん」

エミールの問題が片付くと、レリアはイデアルに視線を向けた。

「あんたもよ！　今後は勝手に人前に姿を現さないで！」

『申し訳ありません。迂闊（うかつ）でした。反省しております』

シュンとして殊勝（しゅしょう）な態度を見せてくるため、レリアもそれ以上は責められなかった。

同時に、自分の指示がまずかったのも事実だ。

だから、この話はこれで切り上げる。

「私は部屋に戻るから」

レリアは、一人で部屋へと戻っていく。

部屋にはエミールと、イデアルだけが残された。

◇

ラウルト家の屋敷。

そこでは、家に戻ってきたセルジュをアルベルクが書斎に呼び出していた。

ラウルト家の当主であるアルベルクは、風来坊（ふうらいぼう）な養子のセルジュを前に呆れていた。

「戻ってきたなら連絡くらいしなさい」

セルジュはソファーに座り、天井を見上げている。

手をひらひらとさせていた。

「分かっているよ」

「理解していないから、こうして私が注意している。少し前に戻ってきていたようだが、ここしばらくはどこにいた？」

「まぁ、色々だよ」

答えない息子に対して、アルベルクは苦々しい顔をする。

セルジュを養子として受け入れたのは、ラウルト家の跡取りとするためだ。

実子である【リオン・サラ・ラウルト】が亡くなり、アルベルクは養子を迎えた。

それがセルジュだ。

しかし、セルジュは冒険者に憧れ、最近では学院にすらまともに通っていなかった。

「セルジュ、今後は冒険を控えなさい」

「はあ!?」

「学院の長期休暇の間だけは認めていたが、お前はそれを無視して好き勝手だ。これで認められると思っていたのか？」

アルベルクとしては、当然のことを言っているつもりだった。

しかし、セルジュの反応は違った。

「――俺を認めた事なんてないだろうが」

「またその話か？　私はお前を息子として受け入れている。お前も少しは――」

「あいつの代用品だろ？」

「誰もそんなことは言っていない」

「どうだかな」

あいつ——アルベルクの実子であるリオンの事だった。

セルジュは養子として引き取られてから、リオンと比べられることを嫌っていた。

(これでは、リオン君を紹介するのは難しいな。だが、いずれは教えることになる)

ホルファート王国にいた、リオンという名前の青年。

実子であったリオンの面影もあり、共和国では色々と話題の絶えない存在だ。

セルジュに伝えないなど、無理な話だった。

「——セルジュ、新年祭が近い。お前も参加しなさい」

「新年祭？　ただのお祭りだろうに。ガキじゃないし、わざわざ参加なんてするかよ」

「今年は違う意味合いもある。必ず参加しなさい。それから、お前に紹介したい人がいる」

「誰？」

ここで誰かを教えれば、セルジュは新年祭に参加しないだろう。

アルベルクは、リオンの事をしばらく伏せておくことにした。

「その時に紹介する」

「ちっ！」

舌打ちをしたセルジュは、立ち上がると書斎を出ていくのだった。

そんな息子の背中を見送るアルベルクは、寂しそうな顔をしていた。

◇

アンジェとリビアが滞在することになり、俺たちはマリエの屋敷に戻ることになった。

理由？　コーデリアさんが「アンジェリカ様が滞在するには、この家は狭すぎます！」と言ったからだ。

アンジェの方は、それどころではないのか特に何も言わなかった。

俺は屋敷の食堂で溜息を吐いている。

「はぁ、どうしてこんなことになったのかな？」

俺が悩んでいると、隣に座っているユリウスが肘で突いてきた。

「おい、バルトファルト」

「何？」

「何？　じゃない！　お前はこの状況を前にして何もしないつもりか？」

小声で話しかけてくるユリウスの他には、食事を前にこの場の雰囲気に耐えられなくなった馬鹿共が俺に責めるような視線を向けてくる。

みんなの目が言っている。

『お前が何とかしろ』――と。

俺が視線を向ける先には、アンジェとリビアが隣同士で座っていた。

しかし、会話はない。

ノエルの一件からずっと、二人は会話のない状態だ。

ただ、二人とも相手のことが気に掛かっているのか、時々話しかけたそうにしている。

共和国風の料理を前に、きっと色々と話もしたいのだろう。

ただ、今の二人は喧嘩中だ。

そのため、会話がしたいのに出来ないという微妙な雰囲気が出来上がっていた。

俺の後ろに立つコーデリアさんが、わざとらしい咳払いをした。

「――リオン様、アンジェリカ様とオリヴィア様に料理の説明をされてはいかがでしょうか？　お二人には珍しい料理ですよ」

「え？　俺、詳しくないよ」

周囲から落胆した声が聞こえてくる。

すると、ノエルが気を利かせて説明をしてくれた。

「え、えっと、こっちは共和国風のスープになります。甲殻類の出汁が重要で～」

無言の食卓に耐えきれずに説明してくれるのだが、それもすぐに終わる。

アンジェは短くお礼を言う。

「わざわざすまないな」

「い、いいえ」

会話が途切れてしまう。

先程から、こんな調子だった。

普段は騒がしいくらいの食事風景が、静まりかえって食器の音がカチャカチャと聞こえてきている。

――これ、どうしたらいいの？

◇

食事が終わった俺は、アンジェとリビアの喧嘩についてマリエに相談することにした。

屋敷の中、ルクシオンを加えて三人で話し合っている。

「アンジェとリビアの関係をどうにかしたい。お前ら、知恵を貸せ」

『清々(すがすが)しいまでの他力本願ですね』

ルクシオンの嫌みに、俺は視線を鋭くした。

「誰のせいだと思っているんだ？」

『マスターが浮気を疑われたことと、二人が喧嘩をしていることは別件です。全てを私の責任にしないでいただけますか。不愉快です』

「こ、こいつ」

確かにルクシオンの責任ではないが、俺の浮気話をきっかけに二人の喧嘩がヒートアップしたようなものだ。

こいつにも少しくらい責任があると思う。

睨み合っていると、マリエが俺たちを見て首を横に振っている。

こいつら何も分かっていない、という顔をしていた。

「あの二人の喧嘩なんてどうでもいいのよ。問題はノエルの方よ。兄貴、本当にどうするの？　ノエル、この先のことで悩んでいるわよ」

——お前、アンジェとリビアがそんなに嫌いなのか？

「どうでもいいって何だよ？　俺にとっては大問題だ。ノエルの件と同じくらい真剣に悩んでいるんだぞ」

マリエがとても嫌そうな顔をしながら、俺から距離を取った。

「本気で言っているの？　子供の喧嘩みたいな事をしている二人より、ノエルのことを心配するべきじゃない？　兄貴、鈍感も過ぎれば罪よ」

「俺は鈍感じゃない」

そう言い放った瞬間、マリエは「え!?」と驚いた顔を見せた。

ルクシオンなど『鈍いにも程がありますね』と、呆れたのか一つ目を横に振っていた。

二人の反応が冷たい。

「な、何だよ？」

「——もういいわ。それより、ノエルが真剣に悩んでいるのよ。兄貴もフォローしてあげてよ。可哀想でしょ」

「俺があれこれ言って良いのか？　ノエルの問題だろ。それに、ノエルは――」

あの乙女ゲー二作目の主人公だ。

彼女にも、本来あるべき幸せな未来があったのではないだろうか？

それを俺がねじ曲げてもいいものかと、どこかで悩んでしまう。

ルクシオンとマリエが顔を見合わせ、こいつ面倒くせぇな！　みたいな顔をしていた。

「ここまで来て、原作とか色々と悩むって馬鹿じゃない？」

『おや、知らなかったのですか？　マスターは元から馬鹿ですよ』

こいつら、俺に対して容赦がなさ過ぎる。

「お前らが考えなすぎなんだよ！　と、とにかく。ノエルの件は、下手にかかわらずに本人に判断させる」

「兄貴がついて来い、って言えば全て解決すると思うけど？」

マリエの無責任な発言に、俺は首を横に振る。

「ノエルの人生だ。俺に選択権はない」

「――本当に兄貴って酷いわよね」

酷い？　違うな。

俺が連れ帰れば、結局ノエルに待っているのは聖樹の巫女という扱いだ。

王国に来なくても、この国に残っても、立場や扱いは同じかもしれない。

ただ――せめて、本人の意思を尊重したい。

「――で、話は戻るけど、問題はアンジェとリビアなんだが？」

「だから、あの程度の喧嘩なんて可愛いものよ。放っておいても仲直りするから、ノエルの心配をしなさいよ！　男って本当に馬鹿ね！」

『小さな事で悩み、大きな問題を先送りにする――駄目なマスターを持つと、尽くし甲斐があって嬉しい限りですよ』

ルクシオンはいつも通り嫌みや皮肉が多い。

本当に主人と思われていないのではないか？　そんな疑問が浮かんでくる。

マリエは、俺を前にして俯いていた。

「兄貴、本当にノエルに任せるの？　兄貴が言えばノエルは絶対に――」

何を言いたいのか想像できているが、それをするのはためらわれる。

俺がノエルに王国に来いと言えば、きっと来てくれるだろう。

しかし、それが本当にノエルの幸せになるのだろうか？

「――そんなに俺に期待するな」

そう言うと、マリエは「だって――」と、まだ何か言おうとしていた。

部屋にノック音が聞こえてくると、ドアの向こうからコーデリアさんの声がする。

『リオン様、お客様です』

◇

「は～い、元気にしていたかしら？」

俺の客人は、ルイーゼさんだった。

名前を【ルイーゼ・サラ・ラウルト】――あの乙女ゲー二作目の悪役令嬢にして、ラスボスである【アルベルク・サラ・ラウルト】の娘だ。


ゲームでは主人公をいじめる悪い女だったが、俺から言わせてもらえれば面倒見の良いお姉さんだ。

出会ってすぐに、俺に向かって「お姉ちゃんと呼んで」などと言った人でもある。

普通に聞いたら怖い話だが、実の姉が酷い俺には――「喜んで！」と、言いたいくらいに優しい女性だ。

いや、本当に選べるならこの人を選んでいた。

どうしてこの人が、俺の姉ではないのだろうか？

故郷であるホルファート王国にいる、実の姉であるジェナの姿を思い出す。

控えめに言っても酷い姉だった。

一度実家に戻った時に、顔を見て「チェンジ！」と言った俺は悪くないはずだ。

ゆるふわのイエローブロンドの髪は肩まで届き、紫色の瞳を持つ優しそうな目。

学院では上級生で、本当にお姉さんみたいな人だ。

――この人が、本当に俺の姉だったらどれだけ良かったか。

色々と複雑な感情を抱きながらも、俺は笑顔で応対する。

「短期間に裏切りと修羅場(しゅらば)を経験しましたが、俺は元気ですね」

俺の返答に困ったように笑うルイーゼさんだが、どこか嬉しそうだった。

「軽口が叩ける内は大丈夫そうね。気になる話は後で聞くとして、今日は誘いに来たのよ」

「誘い？」

「六大貴族の新年祭」

「新年祭？　あ〜、確か——」

以前、マリエから聞いた話の中にあった。

二作目のイベントの一つだ。

主人公であるノエルが、二年生の時に発生するイベントだったはずだ。

これまで順調に進めていれば、攻略対象から新年祭に誘われて正式にお付き合いを宣言するとか何とか。

「あら、知っていたの？　年に一度、私たちは聖樹に変わらぬ忠誠を誓うのよ。けど、今はちょっとしたお祭りね」

「お祭り？」

「聖樹には木の根が作りだした洞窟があってね。そこに石碑があるのよ。そこで変わらぬ忠誠を誓うのは、私たちみたいな若い世代だけなの」

俺の側にいたルクシオンが、代わりに質問をしてくれる。

『畏(かしこ)まった式典ではなく、楽しむためのお祭りということですか？　そのお祭りにマスターを誘いに来たと？』

「そうよ。最初は厳(おごそ)かに執り行うけど、その後はパーティーみたいなものよ」

そんなお祭りをしていたのかと感心していると、ルイーゼさんが俺に顔を近付けてくる。

「だから、リオン君は私のパートナーとして参加して欲しいの」

「あぁ、パートナーですか。――ん？」

何を言われているのか最初は分からず、納得したように頷いていた俺は背筋が寒くなった。

応対している部屋に、足音が聞こえてくる。

ドアが開くと、そこにはコーデリアさんの姿があった。

入り口から離れてアンジェを通す。

「面白い話をしているな。リオン、私にも聞かせてもらおうか」

続いて入室してくるのは、喧嘩をしているはずのリビアだった。

「リオンさん、綺麗な女性が訪ねてきたと聞きました。人気者ですね」

笑顔の二人だが、どうやら俺の浮気を疑っているというか――これ、探りを入れに来ているのか？

コーデリアさんを睨むと、こちらを見もしない。――お前も俺の敵なのか？

「ふ、二人とも違うんだ。こ、この人は――」

ルイーゼさんをどのように紹介しようか悩んでいると、本人が嬉しそうに手を合わせていた。

目を輝かせながらアンジェとリビアに近付くと、握手をしていた。

「もしかして、貴女がアンジェリカさん？　それで、そっちの子がオリヴィアさんよね？」

「う、うむ。そうだが――」

「え、えっと」

いきなり好意的に接してくるルイーゼさんに、二人は困惑していた。

そんな二人を置き去りにして、ルイーゼさんが楽しそうに続ける。

「婚約者が二人もいると聞いて驚いたけど、こんなに可愛い子たちだなんて同性の私でも羨ましいわ。リオン君は幸せ者ね。あ、私はルイーゼ。ルイーゼ・サラ・ラウルトよ。仲良くしてくれると嬉しいわ」

アンジェが困惑から立ち直ると、呆れた顔をしつつも表情をやわらげる。

「ラウルト家のご令嬢だろう？　リオンとは随分と親しそうだな」

「仲良くさせてもらっているわ。もちろん、男女の仲じゃないわよ」

ルイーゼさんの言葉に、リビアが安堵した表情を見せる。

「疑ってしまってすみません」

「いいのよ。誤解されるようなことがあったのよね？」

ルイーゼさんが俺の方に顔を向けると、からかうような笑顔を見せていた。

「リオン君、国に可愛い婚約者がいるのに、他の女性と遊んでいたら駄目じゃない」

「は、反省しています」

そしてルイーゼさんは、顔を二人へと向けると、改めて事情を話すのだった。

「いきなりで失礼だけど、少しだけリオン君に付き合ってもらいたいの。――二人に迷惑はかけないわ」

アンジェが首をかしげる。

「リオンを？」

そこから、ルイーゼさんは俺を誘った理由を話す。

「昔、弟と約束をしたのよ」

◇

ルイーゼさんが帰ると、俺はリビアに呼び止められた。

「リオンさん！」

「な、何かな!?」

驚いた俺に対して、リビアはお構いなしに話を続ける。

目には涙を溜めていた。

「ルイーゼさんの願いを叶えてください！　お願いします！」

「う、うん」

リビアが泣きそうになっているのは、ルイーゼさんが俺を新年祭に誘ったわけにある。

ルイーゼさんには、俺と同じ名前の弟がいた。

リオン――雰囲気が似ているということで、俺はルイーゼさんに気に入られたのだ。

あの人が俺を弟のように可愛がるのは、それが理由だ。

そして、リオン——リオン君は、十年以上も前に亡くなっている。

「亡くなった弟さんとの約束を果たしたい。その願いを、叶えてあげてください」

「俺で代役が務まるならいいけどさ」

言ってしまえばリオン君の代役だ。

しかし、俺としては知りもしない弟さんの代役など、正直言って荷が重い。

引き受けはしたが、今はそれよりも——。

「それより、リビアはアンジェと仲直りしないの？」

肩をビクリと震わせたリビアは、気まずそうに、そして恥ずかしそうに俺から視線をそらして斜め下を見る。

「あ、謝りたいです。私だって謝って、仲直りしたいです。けど——ノエルさんの扱いは納得できません。リオンさんはどう考えているんですか？」

「俺？　ノエルが選べば良いと思うな」

俺の素っ気ない答えに、リビアは頬を膨らませるのだった。

「リオンさんは意地悪です」

「どうして？」

「正直、私とアンジェのことを考えてくれているのは感じますし、嬉しいです。けど、そのためにノエルさんが不幸になるのは嫌です。それに、私はアンジェの言っていることも理解できるんです」

「リビア？」

「ノエルさんが私とは違って、特別な人だって理解はしているんです」

俯いているリビアを見て、いや君の方が凄いらしいよ！　なんて言えたらいいのだが、今の状況では言っても仕方がない。

「俺にとっては、リビアの方が特別だ」

リビアが顔を上げると、耳まで赤くして口をパクパクさせる。

そして、胸を手で押さえて、呼吸を整えてから潤んだ瞳で俺を見つめてくる。

「リオンさん、共和国に来てから口がうまくなりましたね。他の人にもそんなことを言っているんじゃないですか？」

「あれ？　俺ってそんなに信用がないの？」

笑って誤魔化すと、リビアが俺の腕を掴んだ。

「アンジェは悩んでいます。リオンさんが話をしてあげてください。きっと、アンジェはリオンさんを待っていますから」

自分も色々と悩んでいるような顔をしておいて、アンジェを優先しろと言ってくるのか。

——本当に二人は仲が良いな。

◇

アンジェの部屋を訪れると、ベッドに腰掛けていた。

俺の話を聞くと、そのまま上半身を倒してベッドに横になる。

俺がいるというのに、随分と無防備な姿をさらしている。

「そうか。リビアがそんなことを言っていたのか」

「仲直りしたら？」

俺の言葉に、アンジェは上半身をガバッと起こした。

その際に、スカートの中が見えたのは秘密だ。

「わ、私だってすぐに仲直りしたいさ！　だ、だが――何と言えばいい？　私は、純粋な利益を求めて、ノエルをお前に押しつけようとしたんだぞ。私はノエル個人を見ていなかった。それは事実だ」

「誰だって聖樹が手に入るなら、利益を得ようとするよ」

目の前に大金が転がっていたら、誰だって拾う。

ま、実際に何千万も道に落ちていたら、怖くなるだろうけどね。

小心者で欲深い俺は、アンジェを責められるほどに出来た人間ではない。

「それに、利益の中には大勢のことも含まれていたじゃないか？　ノエルのことは見ていなかったけど、王国の人間は助けたかったんだろう？」

リビアにしても、アンジェにしても、他人のために動いている。

俺には真似（まね）できないね。

「お前は優しいな。確かに王国の民のことも考えたが――私が求めたのは、私自身の利益さ」

「アンジェの利益？　実家のレッドグレイブ家を大きくするとか？」

聖樹を手に入れれば、将来的に王国内で大きな権力を得られるだろう。

それだけの力を秘めているのが聖樹だ。

貴族は実家のことを考えるため、アンジェがレッドグレイブ家の利益を優先するのも自然だと俺は思う。

俺はそんな風に考えないけど。

ただ、アンジェは首を横に振る。

「私が一番に考えたのは、お前だよ。お前が将来的に強い力を持てば、きっと幸せになれると思っていた。ただ、お前はノエルを不幸にしてまで力は求めないだろう？　後になって気付いたよ」

アンジェが一番に考えた利益とは――俺のことだった。

「俺の幸せ？」

「利益に目がくらんだ。許せ」

「い、いや、別に俺はいいけど――なら、リビアと仲直りを」

「そ、それとこれとは別問題だ！　わ、私は――何と言ってリビアに謝れば良いと思う？」

先程までかっこいいアンジェだったのに、リビアの話になると何とも頼りない可愛らしい女の子になってしまった。

「普通で良いじゃん」

アンジェを見て笑っていると、立ち上がって俺をポカポカと叩いてくる。

「わ、笑うな！　私は真剣に悩んでいるのだぞ！」

「大丈夫だって。二人で観光にでも出かければ――あ、駄目だ。二人にすると面倒に巻き込まれるかも。よし！　俺が共和国を案内するよ」

「ほ、本当だな？」

「約束だ」

アンジェが俺を叩くのを止めると、そのまま腕に抱きついてくる。

「しっかり案内を頼むぞ。忘れていたが、今回は観光も楽しみにしていた。それに――あ！」

アンジェが何かを思い出したようだ。

忘れていたと、恥ずかしそうな顔をする。

「リオン、すまない。色々とあって話すのを忘れていた」

「え？」

# 第03話「姉弟」

六大貴族の当主たちが集まる会議の場。

苦々しい顔をする者たちがほとんどで、アルベルクも疲れた顔をしていた。

(王国も面倒な人間を派遣してきたものだな)

立て続けに起きた事件への賠償問題を巡り、王国から派遣された人物と今まで交渉を行っていたのだ。

新年祭を前に、当主たちも早くこの問題を片付けたかった。

何しろ、来年の新年祭には今までとは違った意味合いがある。

バリエル家の嫡男だったロイクの起こした事件後、共和国では多くの行事が中止になっている。

外国からすれば、今の共和国は非常事態のただ中にあるように見えてしまうだろう。

その認識を払拭(ふっしょく)するためにも、新年祭は派手に行うことが決まっていた。

そして、新年祭前の大仕事が、ホルファート王国との交渉だった。

その交渉に送られてきた人物が、とても厄介で苦労させられたので皆が疲れ切った顔をしていた。

口を開くのは、フェーヴェル家の当主であるランベールだった。

小柄の小太り体形で、頭部が寂しく、性格はお世辞にもいいとは言えない男だった。

そんな男が、憤りを隠そうともしない。

「なんたる屈辱か！　不敗の共和国が、王国みたいな三流国家にここまでいいようにやられるなど、前代未聞だぞ！」

誰しも腹が立っているし、ランベールの意見に同調もしたい。

しかし、現実は違うのだ。

バリエル家の当主であるベランジュが、ランベールを前に苛立ちを見せている。

「先程まで黙っていた男が、今更何を言うのか。交渉の席で堂々と発言したらどうだ？」

嫌みを言えば、ランベールが馬鹿にした笑みをベランジュに向けていた。

「誰のせいでこのようなことになったと思っているのかな？　ところで、巫女様に相手にされなかった元嫡男殿はお元気か？」

「貴様！」

ベランジュが立ち上がると、アルベルクが低い声を出して制止する。

「二人ともそこまでだ。これにて解散する」

さっさと会議の場を出ようとすると、そこに部下数人が慌てて入室を求めてきた。

許可を出すと、息を切らした部下たちが報告してくる。

「た、大変です！　聖樹が——聖樹が！」

◇

薄暗くなった街は、街灯の灯りで彩られている。

息を吐くと白くなり、共和国の冬も寒いということを実感していた。

「これで雪でも降ればホワイトクリスマスだ」

俺の言葉に疑問の表情を浮かべるのは、アンジェだった。

「ホワイト――何だ？」

アンジェとリビアは、俺を間に挟むような立ち位置にいる。

二人ともコートを着用して、少し頬が赤い。

「リオンさん、時々不思議なことを言いますよね」

この世界にクリスマスってないんだよね。

それに代わるイベントなどはあるけどさ。

リビアが空を見上げる。

「でも、アルゼル共和国って不思議な国ですよね。巨大な聖樹を見た時は、最初は山だと思いましたよ」

「でかすぎるよね」

俺も聖樹を眺めると、その巨大さに呆れてしまう。

一体、どれだけの時間をかければ、ここまで巨大になるのだろうか？

アンジェの方は、周囲を興味深そうに見ていた。

「飛行船を使わず、地面を移動する乗り物が発達しているな。確かに、エネルギーが使い放題ならこちらの方が便利だ。墜落する心配がない」

飛行船を使うのは良いが、落ちると洒落にならない被害が出る。

路面電車を見るアンジェは、少し目を輝かせていた。

「あの手の乗り物は欲しいな。しかし、燃料を魔石で補うと難しい。料金を高く設定すれば可能だろうが、それでは利用する客が――」

色々と考えているアンジェを見て、俺は感心する。

「路面電車一つでそこまで考えていたの？　アンジェって凄いよね」

すると、俺の悪口が大好きなルクシオンが、会話に入り込む。

『マスターが何も考えていないだけでは？　他国の技術力の高さを見て、危機感すら抱かないとは悲しいですね』

「俺一人が頑張って意味あるの？　あと、国の技術力云々は、俺よりも偉い人たちが考えるべきだと思うよ。でも、ローランドの奴は仕事しないから、何も考えていないかもね」

自分の国の国王陛下を呼び捨てにしても、罪悪感がこれっぽっちもわいてこない。

アンジェが俺を見て額に手を当てていた。

「陛下にそんな態度を取って許されているお前は、肝の据わった奴だよ」

「え～、ローランドだよ？　あいつ呼ばわりでも許されるって」

「時々、お前は馬鹿なのか豪胆なのか判断に困る時がある。いざとなれば頼りになるのは分かっているが、普段は気を抜きすぎではないか？」

ヘラヘラしている俺を見て、リビアが会話に入ってきた。

「私は普段のリオンさんが好きですよ。不器用で優しいところとか、可愛いじゃないですか」

か、可愛い？　この俺が!?

俺よりも先に返事をしたのはルクシオンだった。

『オリヴィア——精密検査をしましょうか？　脳、または目に重大な問題が発生している可能性があります』

こ、こいつ、俺が可愛いと言われるのがそんなに不思議なのか！

「え、えっと、私は大丈夫ですよ」

『いえ、マスターが可愛く見えるのは、異常がある証拠です。アンジェリカも同じです』

「私も異常だと？」

『はい。マスターを豪胆と判断するのは間違いです。普段から優柔不断で、大事な場面で苦労をするのがマスターです。あと、ヘタレです』

人工知能にここまで言われる俺って。何か悪いことしたか？

「お、お前、そこまで言うのか！　お前はいつもそうだよ。俺のことを嫌っているからって、俺への風評被害を広めるな！」

『風評被害？　事実を事実と言って何か問題でも？　失礼。事実だから、困るのですね』

「――覚えていろよ。俺は必ずやり返す男だぞ」

ルクシオンの悪口が止まらない。

言い争っていると、アンジェもリビアも俺たちを見て笑っていた。

「な、何？」

アンジェが謝りつつも、可笑しいのか笑っている。

「許せ。普段通りのお前たちを見て安心した。――リオン、お前は留学前と変わらないよ」

リビアも同じだ。

俺とルクシオンを微笑ましそうに見ている。

「相変わらず、二人は仲良しですね。それに、リオンさんは外国にいてもリオンさんでした」

「二人とも、俺が成長していないって言ってるように聞こえるよ」

『そう言っているのです。別の話に聞こえましたか？』

「一度お前とは上下関係についてしっかり話すべきだな。帰ったら覚えておけよ」

ルクシオンの当たりがきつい。

俺はこいつに何かしただろうか？

ルクシオンは、俺から聖樹の天辺に視線を向けていた。

「今度は無視か？　お前、いい加減に――」

『マスター、一つ質問をよろしいでしょうか？』

「――何？」

『聖樹の梢(こずえ)に花が咲いています。このような現象が起きるとは聞いていませんが、何か知っていますか？』

見上げると、俺たちには何も見えなかった。

ルクシオンが、映像だけを俺たちの前に投影する。

アンジェが覗き込むと、そこには白い花が咲いていた。

「花弁がいくつもあるな。菊みたいだ」

『確かに形状は類似していますが、大きさが違います』

白い菊のような花が聖樹の天辺に咲いていた。

アンジェが口に手を当てながら、映像を覗き込んでいる。

「聖樹にも花が咲くのか？　しかし、位置的にどうにも不自然に見えるな」

リビアも同じ事を思ったようだが、こちらは更に感情的なことも付け加える。

「確かに――まるで取り付けたような印象ですね。それに、どこか偽物のような気がします。それから――ちょっと不気味です。嫌な感じがします」

リビアが不気味に感じた聖樹の白い花。

これから何が起きるのだろうか？

◇

マリエの屋敷に戻って来たが、いつもと変わらない雰囲気だった。

玄関に来ると、マリエが顔を出し――そして、俺が手荷物を持っていないのを見て、落胆した顔を見せる。

お土産を期待していたのだろう。

台所から、甘辛い匂いが漂ってくるのもいつものことだ。

アンジェが何とも言えない表情をしていると、玄関にユリウスが顔を出してきた。

「みんな戻ってきたのか？　まったく、戻るなら先に言ってくれ。すぐに串を用意するから、少しだけ待っていてくれよ」

今日の夕食当番はユリウスである。

こいつ、屋敷を追い出されて戻ってきてからは、定期的に夕食の担当を引き受けるようになった。

それはいい。それはいいのだが――こいつが作る夕食は、串焼きしかない。

ユリウスは、俺たちの串焼きを用意するために、足取り軽く台所に戻っていく。

アンジェが両手で顔を隠したのを見て、リビアが慰める。

「しっかりしてください、アンジェ」

「リビア――私は殿下に捨てられたことを後悔はしていない。してはいないが、あの姿を見ていると何とも言えなくなってしまうんだ」

自国の王子様が、串焼きに魅了されて料理人を目指すとは誰も想像していなかっただろう。俺も想像できなかった。

コーデリアさんがやって来ると、二人のコートを預かる。

「お帰りなさいませ。夕食はどうされますか？」

アンジェが溜息を吐いていた。

お昼は外で食べたけど、非常事態だと思って夕食は食べてこなかったのだ。

「――いただこう。殿下の手作りなのだろう？」

「アンジェリカ様、私の方で別のメニューをご用意いたしましょうか？」

「それでは失礼になる。着替えるから、私とリビアは一度部屋に戻る」

「はい」

リビアが俺に小さく手を振り、階段を上って自室へと向かった。

俺は食堂へと向かい、そこで夕食を食べているマリエたちを見る。

「夕食の準備をしなくていいって最高よね！」

串焼きを両手で持って頬張るマリエの近くには、お酒も用意されていた。

夕食と言うよりも、家で晩酌――串焼きはおつまみに見えてくる。

カーラ――マリエの友人にして、仕えている女子も嬉しそうだ。

「夕食後の片付けも、ユリウス殿下がやってくれますからね」

呆れた顔をしているのは、マリエの専属使用人であるハーフエルフのカイルだ。

「勝手に道具を触ると怒りますからね。別に良いんですけど、王子様に台所で料理をさせて良いんでしょうか？」

マリエは串焼きをつまみに、酒を一気に飲み干していた。

貫禄のある飲みっぷりを披露（ひろう）している。

「ぷっは〜。いいの、いいの！　ユリウスだって好きでやってるんだし。——それに、戻ったらどうなるか分からないからね」

冬休みが終われば、三学期——そして、俺たちは王国へと戻ることになる。

ユリウスが自由に串焼きに没頭できるのは、今だけかもしれない。

それを思って、マリエは自由にさせていた。

俺が戻ってきたのを知り、ノエルが近付いてくる。

「リオンは外で食べてきたの？」

「いや、これから」

「なら、一緒に——あ、ごめん」

アンジェとリビアがいるのを思い出したノエルが、俺から離れて席に着くと食事を再開した。

ノエルに気を遣わせてしまっている。

微妙な空気を感じていると、五馬鹿の残りが五月蠅かった。

「ねぇ、聞いてよ。ユリウスが僕の【ローズ】と【マリー】を見る目が、時々怖いんだ。餌（えさ）をあげるのを手伝ってくれるんだけど、もっと大きくなれよ——って言うんだよ!?　ねぇ、おかしくない!?」

ブラッドが、自分の友人と称する鳩と兎に、ローズやマリーといった名前を付けていることの方が驚きだった。

「ブラッド君、鳩と兎にそんな名前を付けていたんですか？」

ジルクが呆れているのに、ブラッドの方は自信満々だった。

「可愛い名前だろ？」

「鳩と兎が友達というのは、ブラッド君らしいですよね」

「僕の可愛い友達さ！」

嫌みを言われたのに気付いていないのだろうか？

そして、グレッグとクリスが言い争う声が聞こえてくる。

クリスがグレッグに注意をしていた。

「グレッグ、鳥胸とササミだけを食べるんじゃない。あと、塩味しか食べていないじゃないか。タレのかかったのも食べたらどうだ？」

「鳥胸とササミが俺のジャスティスだ。あと、食べるなら塩だ。他はお前が食え」

取り憑かれたように鳥の胸肉部分と、ササミだけを食べている。

あと、常識人のように聞こえるクリスだが、恰好が酷い。

ふんどしに、はっぴスタイルだ。

こいつ、普段からこんな恰好をしている。

寒くないのだろうか？

マリエが俺を見て首をかしげている。

「座んないの？」

去年はこいつらに苦労させられたのだが、どうして俺はこいつらと一緒に異国に留学などしているのだろうか？

時々、この状況に首をかしげたくなってくるよ。

そんな時だ。

ガシャーン！　と音が聞こえたので、台所に向かうと――ユメリアさんがこけていた。

「おい、大丈夫か！」

駆け寄ると、ユメリアさんが泣きそうになっている。

「す、すみません。お手伝いをしようと思って」

こけて皿を割ってしまったらしい。

ユリウスが、手で拾おうとするユメリアさんを止める。

「怪我（けが）をするから道具を持ってこよう。俺が取ってくるよ」

屋台でアルバイトをしていたため、この程度のアクシデントでは動じないようだ。

ただ、俺は少し感動していた。

「あ、あのユリウスが、こんなにもまともになっただと」

今までただのボンボンだと思っていたが、成長した姿に嬉しくなってしまった。

感動した後、俺はユメリアさんに怪我がないかを確認する。

「怪我はないみたいだね」

「すみません。私、ミスばかりで」

落ち込んでいるユメリアさんが、滅茶苦茶可愛いです。

「気にしないで良いよ」

ただ、台所にカイルがやって来た。

ユメリアさんは、幼く見えてもカイルの母親だ。

しかし、しっかりしているのはカイルの方だ。

「――またお皿を割ったの？　これで何枚目？」

「カイル、ご、ごめんね」

「僕じゃなくて、ご主人様に謝ってよ。今は余裕があるから良いけど、お皿だって安くないんだよ」

母親に小言を続けるカイルを見て、俺は止めに入った。

「もういいって。お前は食事に戻れよ」

「いえ、片付けを手伝います。そもそも、使用人が皆さんと一緒にご飯を食べるのは駄目ですし。今までは余裕がなかったので一緒に食べていましたけど、これからは別々の方がいいと思います」

　この真面目野郎が。

お前はもっと母親に甘えた方がいいぞ。

――俺なんて、前世の母親を最後まで悲しませてしまったからな。

「カイル、ごめんね」

ユメリアさんが謝っているが、それを聞いたカイルの態度は冷たい。

「だから、僕に謝らないでよ。ご主人様に謝って。もしくは、伯爵様に謝るべきだよ」

ユメリアさんが慌てて俺に向かって深々と頭を下げてくる。

「も、申し訳ありませんでした！」

「いや、もういいって！　おい、カイル！　お前、少しは優しさを――」

「僕より年上なんだから、しっかりしてよね」

カイルが台所を出ていく際に呟くが、どこか悲しそうな顔に見えた。

◇

その頃。

ラウルト家の屋敷には、聖樹の異変が伝わっていた。

屋敷にある執務室に呼び出されたのは、ルイーゼとセルジュだ。

ルイーゼは腕を組み、セルジュの顔を見ようともしない。

セルジュはポケットに手を入れて、そんなルイーゼから顔を背けている。

二人を前にするアルベルクは、相変わらずの態度に呆れていた。

ただ、今はそれを問い詰めても仕方がない。

「聖樹が花を咲かせた。これまでの記録も調べさせているが、最低でもここ三百年では一度もなかった現象だ」

この話を聞いたセルジュは、笑ってみせる。

「それはいい。そんな光景を眺められるなんて、運が良いぜ」

能天気なセルジュの発言に、ルイーゼは苛立った態度をあらわにしている。

「何も考えていないのね。自分の立場をもっと理解したらどうなの？」

「何だと？」

向かい合うと、互いに睨み合ってしまう。

アルベルクは二人に止めるように言うと、今後の話をするのだった。

「しばらくは様子を見るが、新年祭は予定通り行う。二人とも、必ず参加するように」

セルジュは頭を乱暴にかくと、部屋を出ていくのだった。

「新年祭なんてガキのお遊びだ。俺が出る必要なんてないだろ」

「セルジュ！」

部屋を出ていくセルジュを呼び止めるアルベルクだったが、出ていってしまった。

ルイーゼは俯いて歯を食いしばっていた。

そんな娘の姿を見て、声をかける。

「ルイーゼ、許してやりなさい。セルジュは――」

「どうしてここまで気を遣わないといけないのよ！　それに、新年祭だって――リオンは参加したくても出られなかったのよ。それを、ガキの遊びですって？　私は許すつもりなんてないわ」

それはリオンが五歳の頃の話だ。

衰弱していくリオンは、年を越せないと医者に診断されてしまった。

その時、新年祭に出たいと言っていた。

結局、その願いは叶わなかった。

だから——ルイーゼは、弟の代わりにリオンを参加させたかった。

弟の願いを叶えられなかったことへの、償(つぐな)いの意味合いもある。

それを知っており、アルベルクも面倒になると分かっていながらリオンの参加を許可した。

リオンに出会ったセルジュが、不満を抱くと分かっていても、だ。

「お前がセルジュを憎む気持ちも理解しているつもりだ。だが、養子として引き取った時から、私たちは家族だ」

ルイーゼは顔を上げると、憎しみのこもった目をしていた。

「私は絶対に認めないわ」

部屋を出ていくルイーゼに手を伸ばすアルベルクは、声をかけるのを止めた。

◇

部屋に戻ったルイーゼは、机の引き出しから小さな写真を一枚取りだした。

白黒の写真に写っているのは、リオンだった。

昔は弟の写真や絵が、城の至る所に飾られていた。

だが、今では一つもない。

理由はセルジュだ。

跡取りを欲し、養子として受け入れたセルジュが――弟の写真や絵をほとんど捨ててしまったのだ。

その際に部屋にあった弟との大切な思い出の品も焼かれてしまった。

だから、ルイーゼはセルジュが憎かった。

「何で――あいつが家族なのよ。あいつは家族じゃない。そうでしょ、リオン？」

写真に語りかけるルイーゼは、セルジュが来た日のことを思い出す。

◇

弟が死んで三年が過ぎた頃だ。

城の中は以前と比べると活気がなくなっていた。

騒がしい弟がいなくなり、どこか火が消えたような雰囲気だった。

ただ、跡取り不在となれば、分家やラウルト家の家臣たちが騒ぎ出す。

すぐに跡取りを用意するべきという話し合いが開かれ、城にセルジュがやって来た。

セルジュの両親は、我が子が次のラウルト家の当主になれると喜んでいた。

ただ――セルジュは喜ぶ両親の後ろで、俯いていた。

（うちに来たくなかったのかな？）

仕方のないことだが、ルイーゼには可哀想に思えた。

二人きりになる機会があり、その時に声をかけた。

「今日から私が貴方のお姉さんよ。よろしくね、セルジュ」

手を伸ばすと、セルジュはモゴモゴと何かを言っていたが聞こえなかった。

「どうしたの？」

「——さい」

「え？」

「う、五月蠅い！　誰が仲良くしてやるもんか！」

そのままセルジュは部屋を飛び出してしまう。

悪戯っ子だが、素直な弟と同じような反応が返ってくると思っていたルイーゼには、衝撃的だった。

自分は何か間違えただろうか？

ルイーゼはセルジュのことで何日も悩んでいた。

それからも仲良くしようと声をかけるが、セルジュはルイーゼと目も合わさなかった。

そして、セルジュが来て数ヶ月が過ぎた頃だ。

「——嫌。嫌ぁぁぁ！　セルジュ、止めて！　お願い、それはリオンからもらったプレゼントなの！」

帰宅したルイーゼが見たのは、火の中にリオンの写真や絵——そして、思い出の品を放り込んでいるセルジュの姿だった。

セルジュに抱きついて止めようとするルイーゼだったが、振り解かれてしまった。

そのまま、セルジュはリオンがプレゼントしてくれた品を火の中に放り込んだ。

ルイーゼが火の中に飛び込もうとすると、駆けつけた使用人たちに取り押さえられる。

「止めて！　お願い、返して！」

泣きながら手を伸ばすが、リオンがプレゼントしたのは紙で作った指輪、だ。

下手くそで不恰好な品は、炎の中ですぐに跡形もなく燃えてしまった。

二人だけの思い出の品であり、使用人たちは事情を知らずに困惑していた。

ただ――ルイーゼは、その品のことを一度だけ、セルジュに話したことがある。

外に持ち出した際に、セルジュが興味を示したので教えたのだ。

セルジュは、それが燃えるのをずっと眺めていた。

ルイーゼが涙を流し、そしてセルジュに向かって叫んだ。

「あんたなんか嫌い。――絶対に許さない！」

そして、今までまともに顔を見てこなかったセルジュが、初めてルイーゼの顔を凝視した。

◇

いつの間にか眠っていたルイーゼは、子供の頃の嫌な出来事を思い出して上半身を起こした。

着替えもせずにベッドに横になっていた。

「――最悪な夢だったわね」

あの日——両親はセルジュを叱（しか）った。

ただ、セルジュの気持ちも考えようと、残っていたリオンの写真や絵は一部を残して撤去されることになった。

目につけばセルジュが破壊するか、燃やしてしまうからだ。

いつからだろうか？

セルジュは、弟を憎むようになっていた。

本来なら養子を取り消して、と考えるところだろう。

しかし、セルジュはアルベルクの養子となって六大貴族の紋章を得ている。

簡単に外せる代物ではないし、何よりも軽々しく変更できる話では無かった。

分家、家臣、国内の状況——それらの理由もあって、セルジュはラウルト家の跡取りと決まったのだ。

ルイーゼは、弟の写真を見ながら、愛おしそうに語りかける。

「リオン——もうすぐ新年祭だよ」

◇

「くそっ！」

部屋に戻ってきたセルジュは、苛立ちながら椅子を蹴り飛ばした。

ベッドに腰掛け、天井を見上げる。

「何が新年祭だ。色恋に夢中な連中が祈りを捧げる行事じゃないか」

かつては貴族たちが聖樹に感謝し、祈りを捧げる儀式だった。

儀式と言っても、始まりはもっと砕けたものだった。

新年に集まり、酒を飲む集まりから始まった。

そこから次第に厳かになっていった――という経緯がある。

もっとも、それこそ何百年も前の話だ。

今では式典の一つに数えられている。

ただ、中身にあまり意味はない。

最初こそ祈りや誓いを捧げるが、その後に待っているのはお祭りだ。

そして、若者たちが男女で洞窟に入り、中にある石碑に命や誓いを捧げる。

家族や恋人同士が中に入ることになっており、セルジュとしては参加する意味がなかった。ただ、
ここでレリアの顔が思い浮かぶ。

「――いや、待てよ。エミールと婚約したなら、レリアも来るか？」

新年祭へ参加を決める。

「戻ってきたら、レリアがエミールと婚約か――あいつのどこがいいんだよ」

セルジュはレリアのことが好きだった。

付き合いやすい、というのが好きな理由だ。

貴族の女性のように畏まりすぎておらず、自分好みに多少口が悪い。自分が冒険者に憧れていることに対しても、理解を示してくれる。

一般の女性では、六大貴族というだけで気軽な関係にもなれない。

そんなセルジュにとって、レリアとは代わりのいない大事な女性だ。

後は——同じように姉を憎んでいる。

口では言わないが、レリアのノエルを見る視線にセルジュは親近感を覚えていた。

時々、何とも言えない愛憎入り交じった複雑な視線を向けていた。

セルジュはそれを見て、レリアが自分と同じなのだと気が付いた。

そこからレリアに興味を持ち始め、気が付いたら好きになっていた。

初恋の相手とはまるでタイプが違ったので、レリアに惚れていると気付いた時は自分自身でも驚いた。

そこまで思い出し、セルジュの表情は曇(くも)る。

「初恋は叶わない。だが、今回だけは譲るつもりはないぜ」

エミールには悪いが、セルジュはレリアのことを諦めるつもりはなかった。

# 第04話「あの日の約束」

十年以上も前の話だ。

日に日に弱っていく弟の側にいたルイーゼは、窓の外を見ているリオンに話しかける。

「リオン、寒くない？」

「大丈夫だよ、おねえ——けほっ、けほっ」

咳き込むリオンを見て、ルイーゼがすぐに手を握りしめた。

どうしてリオンが弱っていくのか、医者も分からなかった。

本来なら、聖樹の加護——紋章がリオンを守るはずだ。

六大貴族の紋章なら、どんな病気も退ける。

なのに、リオンの事は守ってくれなかった。

「リオン、しっかりして！」

ルイーゼの紋章が温かい光を放ち、リオンを癒そうとするが効果がない。

ただ、リオンは笑顔でお礼を口にする。

「ありがとう、お姉ちゃん。——楽になったよ」

子供ながらに、ルイーゼはそれがリオンの優しい嘘だと見抜いていた。

「げ、元気になるから。必ず良くなるから。聖樹が必ず、リオンを守るの――お父様も、お母様も、リオンのためにいっぱい頑張っているから」

数多くの医者を集めた。

外国の秘薬まで買い求めた。

それでも、リオンが回復することはなかった。

ルイーゼがリオンの手を握る。

「リオン、元気になったら何がしたい？」

「う～ん――あ、そうだ。新年祭。新年祭！」

咳き込みながらも、新年祭に参加したいと言い出す。

「新年祭？」

「ほら、前の時は危ないから駄目って言われたし」

幼すぎたために、ルイーゼもリオンも不参加だった。

「な、なら、お姉ちゃんと洞窟に入ろうか？」

ただ、リオンはそれを笑って拒否した。

「え、嫌だよ」

「ど、どうしてよ！」

「お姉ちゃん、僕ね――婚約者がいるんだよ。だから、その子と一緒に洞窟に入るんだ。まだ、一度も会ったことないけど。僕の一番はその子だよ。お姉ちゃんと一緒に入ったら、その子に悪いよ」

ケラケラと笑っているリオンを見て、ルイーゼが涙を流す。

「リオンの馬鹿！」

「な、泣かないでよ。そ、そうだ。お姉ちゃんとも洞窟に入るよ。二回入れば問題ないよね」

そんなことを言い出すリオンに、ルイーゼは覚え立ての言葉を使う。

「リオンの浮気者！」

泣いてしまったルイーゼを慰めるため、リオンは背中をさすってくる。

「ごめんね。必ず良くなって、お姉ちゃんと新年祭に参加するよ。一緒に洞窟にも入るから」

「絶対だからね。嘘を吐いたら許さないから」

「――うん」

弟の弱々しい笑顔を見て、ルイーゼはどうしようもなく悲しくなった。

◇

年が明けてすぐに新年祭が開かれることになった。

「想像していたのと違うな」

『一体、何を想像していたのですか？』

「いや、新年祭って言うから――元日のお参りみたいな？」

元日にお参りに出る雰囲気で出かけたら、会場には移動遊園地が来ていた。

着飾った大人たちが笑顔で話をし、子供たちが走り回る。

遊具で遊び、大道芸を前に笑顔を見せていた。

海外ドラマで見た移動遊園地の雰囲気だ。

俺は神社に屋台が並んだ景色を想像していたが、どうにも違うらしい。

『――マスター気を付けてください』

「お前ね、俺がはしゃいで迷子になるとでも？」

ルクシオンが俺に気を付けろと言って来たので、普段のように嫌みか皮肉なのかと思っていたら違った。

一点を見つめている。

ルクシオンのレンズが見る方向からやって来るのは、着飾ったレリアだった。

ドレスの上にコートを着用し、ヒールの高い靴を履いている。

随分と着飾ってはいるが、俺はそんなレリアよりも気になる存在を見て驚いた。

レリアの側に浮かんでいるのは――青いルクシオンだった。

「おい、どういうことだ？　お前の偽物がいるぞ」

『不明です。もっとも、予想なら出来ますけどね。マスターたちの言うあの乙女ゲー二作目にも、私と同じような存在がいても不思議ではありません。私としては、この時代で同類に遭遇できたのが驚きです』

クレアーレとの出会いはカウントしていないのだろうか？

青いルクシオンはこちらに気付いていた。

レリアが近付いてくると、サイドポニーテールを左手で払いのけて背中側に回す。

自信に満ちた態度は、冬休み前とは別人だな。

「久しぶりね」

「新年明けましてーー」

日本式の挨拶をしようとすると、レリアはからかわれたと考えたのか顔を赤くしていた。

「そうやって私を馬鹿にするの？」

「馬鹿にしてないぞ。今日もマリエと日本式の挨拶を交わしてきた。いや、本当に泣きそうになったよ。転生して、あけおめって言えるっていいよね。懐かしくなったよ」

その後、マリエは俺にお年玉を求めてきたけどな！

笑っていると、不満そうなレリアが青い奴に顔を向けた。

「イデアル、挨拶をしなさい」

イデアル？

青い奴の名前か？　そいつは、俺たちの前にーーいや、ルクシオンに近付いた。

『はじめまして、イデアルと呼んでください。いや～、それにしても驚きですよ。話には聞いていましたが、この時代にルクシオンと出会えたのは奇跡ですね。今後とも仲良くしようじゃありませんか』

随分とフレンドリーな人工知能だった。

ただ、ルクシオンの反応は冷めている。

『――補給艦ですね？　随分とこちらを警戒していたように見えますが？　私の情報収集に引っかからない程の性能を持っているのが不思議です』

「補給艦？」

レリアを見ると、腕を組んでどこか勝ち誇った顔をしている。

「イデアルは補給艦なの。あんたのそいつは移民船だったけど、こっちのイデアルは純粋な軍艦よ。どう、凄いでしょう？」

軍隊で使用していた輸送艦か。

凄いのだろうが、どれだけ凄いのか俺には判断が出来ないな。

「ルクシオン、イデアルって凄いのか？」

『新人類と戦っていた軍艦です。私の本体と性能を比べれば、勝っている点はいくつもあるでしょうね』

「そいつは凄いな」

ルクシオンが今まで気が付かなかったのも、こいつの性能があったからか？　しかし、ルクシオンはそれを怪しんでいた。

何かあるのか？

イデアルが俺に近付いてくる。

『ルクシオンのマスターであるリオン様ですね。今後ともよろしくお願いいたします』

「俺たちのことは知っていたのか」

レリアに視線を向けると、こちらを見もしない。

「イデアル、挨拶はそこまでにしなさい」

『了解です』

レリアの指示に素直に従うイデアルを見て、俺はルクシオンを見た。

俺の何か言いたげな視線を受けて、ルクシオンも察したのだろう。

『言いたいことがあるなら、言葉にして欲しいものですね』

「少しはイデアルを見習って、俺をマスターとして敬ったらどうだ？」

『前向きに善処します』

そんなに俺を敬うのが嫌なのか？　人工知能の癖に頑固過ぎる。

レリアは俺たちを見て、少し馬鹿にしたように笑っていた。

「あんたたち、本当に仲が悪いのね。マスターとして認められていないのね」

「何で？」

「だって、イデアルは私に盾突かないもの。ちょっと融通の利かないところはあるけど、指示すればちゃんと動いてくれるわ」

イデアルを見れば、球体を縦に動かして頷いて見せた。

『レリア様のおかげで、待機命令から解除されましたからね。これくらいは当然です』

二人の関係を羨む俺は、ルクシオンに話を振る。

「だってさ。お前も俺に感謝しろよ」

『これまで、私がどれだけマスターの尻拭いをしてきたと思っているのですか？　マスターの方こそ、私に感謝してください』

こ、こいつ、本当にいつか裏切るような気がしてきた。

いや、既に俺を裏切っているから、裏切り者だった。

レリアが会場にある時計を見て、俺たちから離れていく。

「今日は忙しいから、これで失礼するわ。それから――後日改めて話し合いをしましょう。今後のことをしっかり話し合わないとね。イデアル、行くわよ」

『はい、レリア様』

二人が去って行く姿を見送り、俺はルクシオンに話しかける。

「ルクシオン、ちょっといいか？」

素晴らしい主従関係に見えたのだが、俺は捻(ひね)くれているので疑問が浮かんだ。

『何か気付かれましたか？』

「あ、お前も？　奇遇だな」

◇

レリアとイデアルの二人と別れた俺は、ルイーゼさんとの待ち合わせ場所に向かった。

そこにいたのは、普段よりも着飾っているルイーゼさんだ。

「凄く綺麗ですね。——俺で、釣り合いが取れるかな？」

スーツの上にコートを着用している俺に、ルイーゼさんが腕を絡めてくる。

「大丈夫よ。むしろ、王国の英雄さんが相手なんて、恐れ多いと思っているわ」

英雄、ね。俺は英雄にはなりたくなかったよ。

「俺の方が恐れ多いですけどね」

しかし、どうにも気になることがある。

「それより、聞いていた話と違いませんか？　小さい子供が大勢いますよ」

そうだ。ルイーゼさんとリオン君が参加できなかったのは、幼かったからと聞いている。

それなのに、会場には大勢の子供たちがいた。

「——お父様が子供たちも参加できるようにしたのよ」

アルベルクさんが？

「負い目を感じているのは、私だけじゃないって話よ。さて、そろそろ始まるから、こっちに来てちょうだい」

腕を引かれて移動した場所には、他よりも仰々(ぎょうぎょう)しいステージが用意された場所だった。

神聖な道具も設置されており、そこだけは他とは雰囲気が違う。

聖樹への感謝と祈り、そして誓いを宣言するために六大貴族の当主たちが集まっていた。

大勢の他の貴族たちも集まっている。

そんな中、ルイーゼさんは目立つようにゲートが作られた洞窟を指さした。

「あそこが石碑のある洞窟よ。あの中に、二人で入るの」

木の根が作った洞窟というのも不思議な物だ。

ファンタジー世界なので気にしてもしょうがないが、聖樹の根はそこだけ避けているようにも見える。

「本当に俺で良いんですか？　似ていても、俺は――」

本物のリオン君ではない。

そう言おうとしたら、ルイーゼさんが俺の腕に強くしがみつく。

「今更逃げるなんて酷いわね。それとも、婚約者に悪いと思ったの？　残念でした。この洞窟に入るのは、仲の良い相手よ。姉弟でも普通に入るわ。夫婦、親子――関係は色々なのよ」

ただし、十代に限っては恋人と一緒に入るのが、一種のステータスになっているようだ。

恋人がいなかったら、この集まりは地獄だろう。

俺なら絶対に参加しないで逃げる。

「相手がいないと、来たくない集まりですね」

「――そうね。私も洞窟に入るのは今日が初めてよ」

「え？」

「約束したのよ。弟と一緒に入る、って。だから、今日まで誘われても断ってきたのよ。何だか、他の誰かと入ると約束を破ったみたいじゃない？」

初めての相手が俺で良いのだろうか？

すると、儀式的なものが終わったのか、これから洞窟に入って祈りを捧げる時間だと司会が言い出した。

会場が騒がしくなる。

近くにいた若い男性が、女性に告白をしていた。

「ジェシカ――ずっと好きだった。俺と一緒に洞窟に入ってくれ。そして、二人の将来を聖樹に願おう」

膝をついて女性の手を握る男。

こんな場所で告白するとは、随分と勇気がある。

しかし、世の中はそう簡単なものでは――。

「嬉しい。ジャック、私はずっとその言葉を待っていたわ」

――何だと？　成功しただと!?

周囲が新しく誕生したカップルに拍手を送っていた。

俺も釣られてパチパチとやる気のない拍手を送る。

すると、あちこちで愛の告白が始まった。

「ルイーゼさん、これって？」

「こういう時に告白するのって、割と普通よ。結構人気なのよね」

微笑ましそうに見ているが、外国人である俺には理解できなかった。

何気に――王国と比べると、女性たちが優しくてこの国の男が羨ましい。

愛の告白をした時に「鏡を見て出直してきて」なんて言われたことを思い出してしまう。

「共和国っていいですね」

「そうなの？」

ルイーゼさんに王国の事情を詳しく話そうかと考えたが、めでたい時にする話ではない。

洞窟の方を見れば、列が出来ている。

「これ、しばらく入れなそうですね」

「そうね。なら、少し遊んでくる？」

腕を引かれて遊園地がある場所に向かう。

ルイーゼさんは、ドレスを着て大人の女性の恰好で、子供のように無邪気に笑っていた。

◇

移動遊園地にリオンを誘ったルイーゼは、人混みの中を進んでいく。

リオンと腕を組み、初々しい恋人同士に見えるだろう。

戸惑っているリオンを、はしゃいでいるルイーゼが連れ回していた。

「次はあっちがいいわね」

ルイーゼが屋台を指し示すと、リオンは意外そうな顔をしていた。

「お嬢様が屋台ですか？」

「こういうのは楽しまないとね」

普段は屋台などあまり利用しないが、こういう場所では楽しむべき。

それがルイーゼの考えだ。

ここに来られなかった弟の分まで、楽しむつもりだった。

「リオン君はこういう場所は苦手かしら？」

(やっぱり、困らせてしまったわね)

戸惑っているリオンを心配する。

自分のわがままに付き合わせてしまい、申し訳なく思っていた。

リオンには婚約者がおり、自分の行動で浮気を疑われては心苦しい。

疑われないように婚約者の二人には事情を説明し、理解してもらったが――女性が理屈では理解しても、心で理解しないことは自分もよく知っている。

リオンはその辺りが鈍いのか、ルイーゼは余計に心配していた。

「いや、王国にはない雰囲気で戸惑ってはいますけど、楽しいですよ。それに、美女に連れられて～なんて、男としては最高ですね」

「リオン君は、もう少しだけ女心を学んだ方がいいわね。いつか刺されるわよ」

「刺されるほどに愛されたいものですね」

ルイーゼの言葉に笑っているリオンは、自分にはそんなことは関係ないという態度だった。それがルイーゼには不安だ。

(ホルファート王国に帰る前に、しっかり教え込んだ方がいいかしら？)

死んだ弟に似た存在——どうしても、ルイーゼは放っておけなかった。

◇

レリアは洞窟に入るため順番待ちをしていた。

洞窟へと入る順番だが、告白が成功したカップルたちが優先される。

次に入るのは、六大貴族の関係者たちだ。

六大貴族よりもカップルが優先されるのは不自然ではあるが、乙女ゲーの世界観であれば納得も出来てしまう。

恋愛イベントが優先されるのが、あの乙女ゲーである。

レリアもそろそろ洞窟に入らなければならないのだが、人が多くてエミールが見つからなかった。

「イデアル、エミールは見つからないの？」

『どうやら、話し込んでいてこちらに来られないようです』

「こんな時に婚約者を放置する!?　もうすぐ、私たちが入れる時間が終わるのよ!?」

恋人たちの祈りが終わり、今は六大貴族の関係者が優先されている。

その時間も残り僅かになっていた。

『何やら重要な相手のようです。真剣な話し合いなので、邪魔をするのは申し訳ない気持ちになりますね』

「人工知能が気持ち、って。はぁ――いいわ」

仕事関係の人物だろうか？

エミールが真面目なことはレリアも知っており、しばらく待つことにした。

すると、人混みの中で腕を掴まれる。

「へ？」

驚いて相手を確認すると、そこにいたのはスーツ姿のセルジュだった。

「セルジュ!?」

白い歯を見せて笑っているセルジュだったが、すぐに真剣な表情になる。

「レリア、ちょっと来てくれ」

強引に腕を引かれるレリアは、戸惑ってしまった。

「ちょ、ちょっと待ってよ！　どこに行くのよ！」

セルジュが向かう先には、洞窟があった。

◇

会場内にアナウンスが流れた。

六大貴族の関係者が優先的に使用できる時間が終わろうとしており、急かすようなものだった。

俺とルイーゼさんは時間を忘れて楽しんでしまい、アナウンスを聞いて慌てて洞窟に戻って来た。

「ご、ごめんなさい。まだ間に合う？」

係の人間にルイーゼさんが尋ねると、少し戸惑っていた。

「大丈夫ですが、実は――」

「なら、私たちが入るわ。ごめんね」

ルイーゼさんに手を引かれて洞窟に入ると、いくつものランタンが連なって吊されていた。思っていたよりも中は明るい。

それが、縁日で見た提灯を思い起こさせる。

「結構明るいですね」

「そ、そうね。はぁ～、疲れちゃった」

全力疾走でルイーゼさんは息が切れていた。

ルイーゼさんが、胸に手を当てている。

「間に合わなかったら、ずっと後悔するところだったわ」

「心配しなくても、間に合わなかったら権力で割り込めますよ」

「確かにそうだけど、それはちょっと嫌なのよね」

悪役令嬢なのに、権力を振りかざすことは避けたいようだ。

どうしてこの人が、悪役なのだろうか？

アンジェにしてもそうだが、悪役令嬢って何なのだろうか？

「それなら、来年は俺がこっちに顔を出しますよ」

「――リオン君は、無自覚なのかしらね？　女たらしになれるわよ」

「ご安心ください。婚約者二人に一筋ですから」

「二人いる時点で一筋じゃないけどね～」

二人で馬鹿な話をしながら、一本道になっている洞窟を進む。

床の部分は歩きやすいようにされていた。

ただ、壁や天井は木の根のままだ。

触ればゴツゴツした感触があり、どこか湿っていた。

苔が生え、所々に小さな木の枝が生えている。

ルイーゼさんが、俺に体を寄せてきた。

「本当は、元気になった弟とここに来たかった。約束したのよ。それなのに、リオンはその年を越せなかったから」

死んでしまった弟さんのことを引きずりすぎているように思えるが、他人の俺が踏み込んで良い領域ではない。

今回は代役に徹しよう。

「なら、これで約束を果たせましたね」

「――でもね、あの子って沢山約束を破ったからね。他にもいくつもあるのよ」

「リオン君は嘘吐きですか？」

「違うわよ」

違う、という部分には少しだけ怒りがこめられていた。

しかし、すぐにルイーゼさんの表情は和らぐ。

「困った時はきっと僕が助けてあげる、ってね。守護者の紋章を得るはずだったから、立派な守護者になるって言っていたわ」

子供ながらに凄い子だよな。

俺ならそんな台詞（せりふ）は絶対に出てこない。

守護者とか面倒くさそう～とか言っていたはずだ。

ルイーゼさんが、口元を手で押さえて笑い出す。

「今にして思えば、随分とませた子供だったわ。お姉ちゃんもお嫁さんにしてあげる、ってね。あの頃は真に受けたわね。紙で作った指輪なんて渡してきて――」

笑顔だったのだが、最後の方は何か思い出したのか悲しい表情になっていた。

「お姉さんに告白ですか。俺には絶対に無理ですね」

「そう言えば、リオン君にもお姉さんがいたわよね。確か――爆弾をセットしたとか言っていたわね？　流石に冗談よね？」

「事実ですね。俺を殺しに来ましたよ」

ジルクっていう腹黒陰険野郎が原因ですけどね！

いや、本当に酷い姉だよ。

「さ、殺伐としている家族なのね。――う、うちに来る？」

「あははは、素晴らしい提案ですね。心が動きかけましたよ。いや、本当に。本当に養子になってしまおうかと考えましたけど――両親や兄貴、それに弟もいますからね」

養子になります！　なんて宣言が出来る立場でもないし、色々と面倒だ。

しがらみさえなければ――無理だな。

両親は優しいし、兄貴や弟には世話になっている。

姉は問題児で、妹もどうかと思うけど。

あれ？　俺の家族って、姉妹さえいなければ完璧だったのではないだろうか？

前世でもマリエに苦労させられてきた事を考えれば、俺にとって姉妹って実は問題しかないのでは？

「あら、お姉さん以外とは仲が良いのね」

「妹とも仲が悪いですけどね。いや、本当に妹とかないです」

今世も前世も、俺は妹であるマリエに苦労させられている。

◇

セルジュに腕を引かれたレリアは、洞窟の中にいた。

「ちょっと、こんなところに連れてきてどうするつもりよ！　私はエミールと――」

本来ならエミールと一緒に入るはずだったのだが、セルジュに強引に連れて来られてしまった。

セルジュが手を離すと、レリアは壁まで下がる。

側にいたイデアルは、セルジュの行動を優しく咎めていた。

『感心しませんね。女性を無理矢理連れてくるような場所ではありませんよ』

新年祭のイベントについて詳しいレリアは、ここは恋人同士で来る場所だと知っていた。

だからこそ、レリアがセルジュと一緒にこの場にいるのはまずかった。

「入り口であんたと私が一緒に入ったのを見られたじゃない！　こんなの、エミールにどうやって言い訳すればいいのよ」

今まで黙っていたセルジュが、レリアに向かって真剣な態度を見せる。

壁に手を置き、レリアと距離を詰めた。

セルジュとレリアの鼻が触れあいそうな距離まで近付く。

「レリア、エミールの事なんて気にするな。お前を放って、他人と話し込む奴だ」

どうしてセルジュがその話を知っているのか？

レリアは目を細める。

「まさか、あんた――」

「ちょっと頼んでエミールを引き離してもらっただけだ。だが、無理に引き留めなくていいって言ったんだぜ。あいつが来なかったのは、あいつの意志だ」

それを聞いて、レリアは目を伏せた。

（本当にエミールって女心が分からないわね。真面目な人を選んだけど、ここまでつまらないとは思わなかったわ）

レリアは前世で婚約した相手のことを思い出す。

その人物は、エミールと違って付き合っていて楽しかった。

だが——破局した。

そのことを反省し、今世では真面目なエミールを恋人に選んだのだ。

しかし、どうしても物足りなかった。

それでもレリアは、エミールを裏切るつもりはなかった。

「——セルジュ、止めて」

「どうしてだ？　俺の方がお前のことを愛している」

「言葉だけならいくらでも——んっ!?」

『おや、大胆ですね』

イデアルがのんきに感心しているが、レリアは文句を言えなかった。

セルジュが口を塞いだからだ。

レリアの口は、セルジュの口で塞がれていた。

抵抗しようとするが、鍛えているセルジュからは逃げられない。

ただ、その抵抗も本気ではなかった。

数分間もの間、レリアとセルジュはそのままだった。

セルジュがようやく解放してくれると、レリアは俯く。

エミールにはない情熱的なセルジュの行動に、心が揺れ動いていた。

セルジュは、レリアの赤くなった耳元で愛を囁く。

「俺は本気だ。本気でお前が欲しい。お前がエミールと婚約したと知った時は、本当に驚いたんだ。悔しくて、目の前が真っ暗になった」

声色は冗談とは思えず、セルジュはレリアの答えを聞くまで解放しないという態度を見せていた。

「レリア——俺はお前と家族になりたい。本物の家族に」

「家族？」

空気を読んだのか、イデアルは黙っていた。

二人の間に割り込んでこない。

「セルジュ、私は——ごめん。無理だよ」

レリアが返事をすると、セルジュが目を細めて悲しそうな顔をする。

「——そっか。悪かったな」

気まずい空気が流れる中、イデアルが入り口の方を向く。

『おっと、無理矢理割り込むように入ったのがいけませんでしたね。後続の方たちが追いついてしまいました』

そこにいたのは——ルイーゼだった。

二人に駆け寄ってくる。

「あんたたち、一体何を考えているのよ！」

セルジュとのキスを見られていたのか、ルイーゼは二人を咎めてくる。

嫌そうな顔をするセルジュだったが、ルイーゼの後ろから来る人物を見て驚きの表情を浮かべていた。

様子のおかしいセルジュを見て、レリアが声をかける。

「セルジュ？」

ただ、レリアの方にはルイーゼが詰め寄ってくる。

「レリア、あんたは自分の意志でここに来たの？」

「ち、ちが！　それは――」

セルジュに無理矢理連れて来られた。

そう言おうとすると――セルジュが壁を殴った。

レリアもルイーゼも、セルジュへと視線を向ける。

怒りに震えるセルジュは、ルイーゼを睨み付けていた。

「どういうことだ、ルイーゼ！　あいつは誰だ！」

ルイーゼがセルジュから一歩退くと、近付いてきた男が二人の間に割り込んできた。

イデアルが律儀に挨拶をする。

『随分と早い再会でしたね』

◇

――何だこいつ？

最後の攻略対象である男子に遭遇したのだが、その様子がおかしかった。

俺に対して向ける敵意が凄まじい。

憎しみ？　憎悪？　どうして？

確かに共和国内で暴れ回ったが、こいつ個人には何もしていないはずだ。

それなのに、俺をここまで憎むものだろうか？

眉間に皺を寄せて俺を睨み付けてくるセルジュは、壁を殴った拳から血を流している。

痛みを感じていないほどに、感情的になっていた。

「あれ？　俺たちって初対面だよね？」

周囲に助けを求める視線を送れば、レリアは困惑していた。

ただ、ルイーゼさんは事情を知っていたようだ。

「初対面よ。セルジュ、前にお父様が紹介するって言っていたのは、彼の事よ」

セルジュが俺に近付いてくる。

「お前は誰だ？」

今にも殴りかかってきそうな態度に、俺はまた面倒な奴が出て来たと思ったね。

攻略対象の男子って、問題児しかいないのだろうか？

喧嘩っ早い奴が出て来ても「あ～そういう奴ね」としか思わなくなった。

「初めまして。リオン・フォウ・バルトファルトです。ホルファート王国からの留学――がはっ！」

挨拶中にいきなり殴られた。

後ろに吹き飛んだ俺は尻餅(しりもち)をついた。

ルイーゼさんが俺に駆け寄って、抱き起こしてくる。

「リオン君！　セルジュ、あんた何をしたか分かっているの!?　彼は外国の貴族なのよ。あんたが手を出せば――」

鼻を押さえてセルジュを見れば、随分と鼻息が荒い。

レリアの方は、急な出来事に戸惑っているようだ。

「な、なんで？　セルジュ、どうしたのよ」

レリアが声をかけると、セルジュはルイーゼさんに視線を向けていた。

「リオンだと？　何だよ、俺の代わりを見つけてきたのか？」

「――何を勘違いしているのか知らないけれど、彼に謝りなさい。あんた、自分が何をしているのか分かっていないのよ」

「どうでもいいんだよ！　お前の弟と同じ名前、同じような顔付きの男だ。そいつとここにいるって事は、そういう事だろうが！」

そういうって何だよ。

ルイーゼさんは、リオン君との約束をはたそうとしているだけだ。

文句を言ってやろうとすると、ルクシオンが俺に近付いてくる。

『また厄介事ですね。マスターは厄介事を引き寄せているようです』

「好きで殴られたんじゃないぞ」

『そうですか。では、処分しますか？』

いつも通りの過激な発言に、俺はいつも通り待ったをかけようとして――先にイデアルに止められてしまう。

『おや、随分と過激な主従関係ですね。ルクシオン、それはまずいと思いますよ』

『――先に攻撃を仕掛けてきたのはそちらですが？』

『何でも消せばいいという考えは危険です』

想像以上にまともな人工知能だった。

ルクシオンにしても、クレアーレにしても、俺が引き当てた人工知能って外ればかりなのではないかと思えてくる。

言い争っているルイーゼさんと、セルジュを前にして俺は溜息を吐いた。

「とりあえず、さっさと祈りを終わらせて外に出ましょうか。そこのお前！　外に出たら覚えとけよ」

俺は必ず復讐(ふくしゅう)する男だ。

それを思い知らせてやる。

「あん？　何なら、ここでやるか？」

手を出そうとするセルジュに、レリアが抱きついて止めに入る。

「セルジュ待って！　こいつ、本当に危険なのよ。後で説明するから、とりあえず外に出ましょう」

セルジュがレリアに言われて、拳を降ろした。

「ちっ！　レリア、さっさと奥に行くぞ！」

ルイーゼさんがハンカチを取り出し、血が出た俺の鼻を押さえてくれた。

「ごめんなさい。あいつがいるなんて知らなくて。本当にごめんなさい」

落ち込んでいるルイーゼさんを見て、責める気持ちがなくなった。

「先に祈りを済ませましょうか。約束を果たすんでしょう？」

「――うん」

セルジュとレリアの背中を追いかける形で、俺たちは奥にある石碑を目指した。

◇

「思っていたよりも小さいな」

聖樹が守る石碑と聞いて、大きな物を想像していたが実物は小さかった。

ただ、聖樹がその石碑だけを守るように根を張っている。

「それで、これに祈ればいいんですか？」

ルイーゼさんが頷き、俺にやり方を教えてくる。

「手を握って。――そう、そして目を閉じて祈るのよ。祈りや願いが聖樹に届けば、応えてくれると言われているわ」

苛立っているセルジュが、ルイーゼさんの言葉を笑っていた。

「子供だましの迷信だな。だってそうだろ？　本当に願いが届くなら、お前の弟は死ななかったはずだ。違うな――本当は、弟のことなんて願わなかったのか？」

セルジュの言葉に、ルイーゼさんが自分を抱きしめる。

流石にまずいと思ったのか、レリアがセルジュを止める。

「セルジュ、さっさと終わらせて戻るわよ」

「ま、俺は目的が果たせたからどうでもいいけどさ」

祈ろうとするセルジュに向かって、俺は言葉をかけてやる。

「お前、最低だな」

「あん？」

黙って祈りを捧げるために目を閉じる。

すると――地面が揺れるのを感じた。

慌てて目を開けると、ルイーゼさんが光を放っていた。

「え？　あ、あれ？」

本人も何が起きているのか理解していない。

そして、ルイーゼさんの手の甲にある紋章が輝いている。

「ルクシオン、何が起きた!?」

『不明です』

レリアの方も、イデアルに確認を取っていた。

「イデアル、何が起きているの？」

『現在調査中です。おや、これは――』

すると、洞窟内に声が響き渡った。

いや、頭の中に語りかけてくる。

『梢に――咲いた――花に――げよ』

「何だ？」

右手で頭を押さえて周囲を見回すが、他の気配がない。

ルクシオンが天井を見上げていた。

『聖樹がメッセージを届けているようです』

「植物が!?」

『聖樹をただの植物と考えない方がよろしいかと。それよりも、解析が出来ました』

ルクシオンが聖樹の声を鮮明にして再生する。

それは、あまりにも酷い内容だった。

『梢に咲いた花に――生け贄の娘を捧げよ』


「生け贄？」

咄嗟に、先程光を放ったルイーゼさんを見る。

膝から崩れ落ち、そして自分を抱きしめていた。

「ルイーゼさん！」

抱きしめて立たせた俺は、すぐにこの場にいる全員に強い口調で告げる。

共和国の状況や、今の出来事から考えて――嫌な予感がする。

「いいか、外に出ても誰にも言うなよ」

想定外だったのか、レリアもオロオロとしている。

「で、でも」

「いいから！　俺が何とかする。だから、絶対に言うな」

ルイーゼさんを抱きしめて外に出ようとすると、何か呟いていた。

「声が聞こえたの」

「大丈夫です。生け贄になんてさせません。黙っていれば、誰にも分かりませんよ」

「違う。違うのよ。――リオンの声が聞こえたの。リオンの声が聞こえるの」

「――え？」

震えるルイーゼさんは、そう言って涙をこぼした。

◇

リオンに抱き支えられるルイーゼは、先程から声が聞こえていた。

それは懐かしい声だ。

弟のリオンの声。

しかし、その声は苦しんでいた。

『苦しい……お姉ちゃん……助け……て』

ルイーゼは耳を塞ぐが、直接の頭に声が響いてくる。

右手の甲に宿った紋章から、リオンの声が聞こえてくる。

本当に苦しそうだった。

『怖いよ……お姉ちゃん……僕……寂しいよ。僕……聖樹の中に一人ぼっちだよ』

ルイーゼは涙を流す。

「ごめんね。ごめんね、リオン。お姉ちゃんが必ず助けるから。だから――もう少しだけ我慢してね」

聖樹の中に捕らわれている幼い弟の姿を想像し、涙が止まらなかった。

「お姉ちゃんが――側に行くから」

昔――助けられなかった弟が、自分を呼んでいる。

会いたいと願っている。

ルイーゼにしてみれば、それだけで――生け贄になる価値はあった。

ポロポロと涙がこぼれているところに、イデアルが話しかけてくる。

『大丈夫ですか？　何か聞こえるのですか？』

「声がするの。弟の声が」

『それはどんな声ですか？』

「苦しそうなの。助けなきゃ――リオンを助けなきゃ――今度こそリオンを」

『――我が身を犠牲にしてでも？』

イデアルの言葉に、ルイーゼが頷くとリオンが手で払う。

「どういうつもりだ！」

『これは失礼しました。何やら混乱されているご様子だったので、情報収集をしようかと。おっと、急いで外に出た方がいいですね』

リオンがルイーゼを外へと連れ出そうとする。

「ルイーゼさん、外に出ても何も言わないでください。いいですね？」

自分を守ろうとしてくれているのだろうが、ルイーゼには邪魔だった。

(私を心配してくれているのね。でも――ごめんなさい。私は、弟の側に行くわ。それが、私に出来る償(つぐな)いだから)

◇

全員が慌ただしく外へと向かっている中。

イデアルだけは、洞窟の奥に残って石碑を眺めていた。

しばらくそのまま浮かんでいたが、遠くでレリアの呼ぶ声がする。

「イデアル、どこにいるの！」

すると、ゆっくりと動き出した。

レリアたちに追いつくと、普段の調子を取り戻す。

『すみません。遅れてしまいました』

「こんな時に何をやっているのよ！」

# 第05話「生け贄」

外に出ると、会場内が騒然としていた。

俺たちが洞窟を出てくると、全員の視線が集まっていた。

「なっ!?」

ルイーゼさんを抱きしめていた俺は、この状況はまずいと感じていた。

実際、集まった人間たちの目が物語っている。

そして――。

「生け贄の娘ってもしかして」

「聖樹の声が聞こえた。これは――」

「ど、どうするんだ？」

――外にいた人たちにも、聖樹の声が聞こえていたのだ。

俺は歯を食いしばり、それからルクシオンに指示を出す。

「ルクシオン、最悪の場合は」

『ルイーゼを逃がすのでしょう？　ならば、早い方がいいでしょう。小型艇を用意します。その後はアインホルンかリコルヌでホルファート王国へ逃がします』

すぐにルイーゼさんを逃がそうとするが、本人が俺から離れた。

「ありがとう、リオン君。でも、もういいのよ」

「え？」

ルイーゼさんは、駆け寄ってくる武装した騎士たちに取り囲まれる。

レリアの方へも騎士たちが近付くが、セルジュがそれを威嚇していた。

「何のつもりだ？」

「セルジュ様、そちらのお嬢さんをこちらに引き渡していただく。こちらも何が起きているのかさっぱりですが、聖樹が生け贄の娘を求めました。あの言葉が聞こえた瞬間、洞窟内からまばゆい光が――どちらかの娘が、生け贄であるなら――」

「レリアに触るな！」

セルジュが騎士たちを追い払うために戦おうとするのを、ルイーゼさんが止める。

「待ちなさい！」

遠くからアルベルクさんが走ってくるのが見えた。

だが、こちらに駆けつける前に――ルイーゼさんは自ら名乗り出る。

「生け贄に選ばれたのは私よ。その子は関係ないわ」

騎士たちがルイーゼさんの言葉を聞き、顔を見合わせていた。

俺はルイーゼさんを説得するために、腕を掴んだ。

「何を言っているんですか！」

「いいのよ。私には聞こえたのよ。聖樹の中で弟が――リオンが苦しんでいるの」

「弟さんが苦しんでいる？」

あの場でリオン君の苦しむ声が聞こえた？

ルクシオンを見るが、一つ目を横に振って否定している。

『私には何も聞こえませんでした』

俺は騎士たちに付いていこうとするルイーゼさんの腕を強く掴む。

一体何が起きているのか、俺には想像がつかないが、行かせてはいけないと自分の中で何かが叫んでいた。

「何かの間違いです。こんなの間違っていますよ」

説得しようにも、ルイーゼさんは覚悟を決めていた。

「変なことに巻き込んでごめんなさい。でもね、私はリオンの側に行きたいの。何もしてやれなかったけど、最後にあの子に会えるならそれでいいの」

俺の手を優しくほどいたルイーゼさんが、騎士たちと一緒に離れていく。

そして、アルベルクさんがルイーゼさんの肩を掴む。

「ルイーゼ、何があった！　お前が生け贄とはどういうことだ！」

「そのままの意味よ。お父様、事情は後で話すわ」

俺は何も出来ないままに、その場に立ち尽くしていた。

セルジュがポケットに手を入れて、俺の横を通り過ぎる。

「リオン、リオン——あの女、本当に弟のことばかりだな。そんなに、死んだ弟が大事なのかね？　俺には理解できないぜ」

そして、呆然とする俺を見て、セルジュが鼻で笑う。

「本物がいるなら、お前の役目もここまでだ。さっさと帰れ」

先程までの憎悪を感じさせないセルジュは、レリアに声をかける。

「レリア、行こうぜ」

「う、うん」

二人が俺から離れていく。

セルジュのことはどうでもいい。

しかし、どうして聖樹が生け贄を求めるのか？

そんな話はマリエから聞いていない。

レリアも予想外だったのか、戸惑った様子を見せていた。

——何かがおかしい。

シナリオ通りに進まないのは王国でも同じだったが、モヤモヤしたものを感じる。

「ルクシオン、何が起きたのか調べるぞ」

『マスターと一緒にいると飽きませんね』

「何かが怪しい。俺はすぐに戻ってマリエから話を聞く」

『勘ですか？』

「俺の悪い予感は当たるんだ」

そんなに勘が鋭い方ではないけどね。

だが、嫌な予感に限って当たるものだ。

騒がしい会場を後にする俺は、最後に聖樹を見上げた。

◇

レリアとセルジュが歩いていると、人混みをかき分けてエミールがやって来る。

スーツが乱れているが、それを気にせず近付いてきた。

「エミール」

レリアが何かを言う前に、エミールはセルジュに掴みかかった。

「セルジュ、どういうことか説明してよ！　君がレリアを無理やり洞窟に連れ込んだ、って聞いたよ。どうしてこんなことをするんだ！」

エミールは婚約者として当然の怒りを抱いていたが、セルジュはそれどころではなかったのだろう。

煩（わずら）わしそうにしていた。

「五月蠅いって。俺は親父に呼び出されているから、忙しいんだよ」

ルイーゼが生け贄に選ばれた際、セルジュもその場にいた。

アルベルクは話を聞くために、セルジュを呼び出したのだ。

これからを考え面倒だと思ったセルジュの表情は、エミールには馬鹿にしたように見えたのだろう。

「そうやって逃げるの？」

小さな体でセルジュの胸倉を掴むエミールだったが、体格差もあって簡単に突き飛ばされてしまった。

「うわっ」

転がるエミールに、レリアが駆け寄った。

その姿を見たセルジュは、腹が立ったのか二人の関係にひびを入れるようなことを言う。

「レリア、その情けない男が嫌になったらいつでも来いよ。俺は歓迎するぜ。お前も、頼りになる俺の方がいいだろ？　――今度は俺から誘うから、その時は楽しもうぜ」

その言葉に、エミールがレリアを見る。

疑われていると感じたレリアだが、洞窟内でキスされたことを思い出していた。

そのため、強く否定できなかった。

セルジュはそのまま去って行くが、残されたレリアとエミールは違う。

エミールが、レリアの両肩を強く掴んできた。

「レリア、本当のことを話してよ。セルジュとは何もなかったの!?」

「な、なかったわよ」

「僕の目を見て話してよ。僕は――僕は！」

泣き出したエミールだったが、周囲の視線を感じてレリアが周囲を見た。

野次馬たちが集まっている。

「もしかして、プレヴァン家のエミール様？」

「相手はレスピナス家の娘だぞ」

「え、ならさっきのセルジュ様との会話って——」

周囲でヒソヒソと話をされており、レリアは恥ずかしくなってエミールの手を掴んで立ち上がるのだった。

そのまま、この場を離れる。

ただ、エミールはそれどころではない。

「レリア、ちゃんと答えてよ！」

そんなエミールが、レリアにはうっとうしかった。

「いい加減にしてよ！」

「——レリア？」

「エミールのそういうところ、本当に嫌いなのよ。いつもナヨナヨして、それでいて疑ってきてさ。何もなかったんだから私を信じてよ」

「で、でも、洞窟に二人で入るなんて、そんなのあんまりだよ！　僕と一緒に入ってくれるって言ってたじゃないか。それに、みんなが見ている前でなんて許せないよ。こんなの、セルジュが僕を馬鹿にしているのと一緒だよ。僕だって六大貴族の面子(メンツ)がある。このまま引き下がるなんて出来ない！」

レリアの感想は冷めたものだった。

（大げさすぎ。そもそも、貴族の面子って何よ？　私の方を心配しなさいよ。本当に気が利かないわね）

レリアにとって、エミールが重視する貴族の面子というのは理解しがたいものだった。

前世の経験もあり、そうしたものに価値を見いだすことが出来ない。

そして、エミールは自分よりも面子を大事にするように見えてしまった。

レリアはエミールに抱いていた感情が、急速に冷めていくのを感じていた。

（将来のためにエミールを選んだけど――失敗したかも）

「そう。そんなに私より面子が大事なんだ」

「レリア？」

「セルジュと喧嘩がしたいならすれば。でも、私はエミールを軽蔑するわ。たったこれくらいのことで馬鹿みたい」

「だ、だって！」

「『だって』とか止めてよ！　苛々（いらいら）するのよ！　そういう言い訳はしないで」

でも、だって、そのような言い訳は聞きたくなかった。

自分が普段使っていることは忘れ、レリアはエミールを置いて帰ってしまう。

エミールは俯いており、その姿を見て情けなくなった。

（どうして私は、エミールなんて選んだんだろう？　これなら、最初からセルジュを選んでおけば良かったわ）

◇

マリエの屋敷に戻ってきた俺は、新年祭の出来事を話した。

ルイーゼさんが生け贄に選ばれてしまった。

そして、本人は死んでしまった弟の苦しむ声が聞こえたとかで、生け贄になる覚悟を決めたという話もした。

マリエには理解できないらしい。

「何で死んだ弟が苦しんでいると、生け贄に志願するの？　意味が分からないんだけど？」

言われてみると、確かに意味不明だな。

「俺が知るかよ。だけど、生け贄を受け入れるってよっぽどだろ。その理由が、死んだ弟君にあるって話だ」

使っていない部屋で、ルクシオンとクレアーレも加えての相談だ。

他の連中には聞かせられない話だから、こうして密会みたいな形になっている。

「え～と――待って。二作目には生け贄の話なんてないはずよ。大体、新年祭で恋人になった男子と周囲に付き合っていることを示すのが目的だし」

「ルイーゼさんの役割は？　その時、どうやって物語に絡んだ？　今後の予定は？」

矢継ぎ早に質問するが、俺の焦りをマリエも感じ取ったのか素直に答える。

「えっとね。男子に対してそんな女でいいのか～的なことを言って絡んできたわね。細かい台詞までは覚えていないけど、ルイーゼが生け贄に選ばれるわけがないわ。だって、最後には断罪されるのよ」

断罪される話は置いておくとして、最後まで役割――出番があるルイーゼさんが、物語的に生け贄になるというのはあり得ない。

ならば、完全にイレギュラーである。

「一体何が起きたんだ？　いや、起きようとしているのか、か？」

俺が口元に手を当てて考え込めば、クレアーレが茶化してくる。

『マスターたちが絡んで、また色々と引っかき回したんじゃないの？　それはそうと、救うなら早くしましょうよ。どうせ助けるのよね？』

最初から助けるつもりだ。

あの人を生け贄などにさせてたまるか。

だが、本人が生け贄になることを受け入れてしまっているのが問題だ。

説得は難しいだろう。

無理矢理連れ去るしかないか？

「こっそり連れ去って様子を見るか。ルクシオン、すぐに出るぞ。――ルクシオン？」

いつもより反応が悪い。

ルクシオンの態度は、普段とは違っていた。

随分と警戒している。

これまでなら、新人類が相手ならいつでも滅ぼせると余裕を見せていたのに。

『マスター、残念なお知らせがあります』

「残念？」

『ルイーゼの救出は成功率が低いと予想します』

「——どういうことだ？　お前でも無理なのか？」

ルクシオンでも難しいとはどういう意味だ？

『秘密裏に、という条件をクリアできません。理由はイデアルです』

「イデアル？　あいつがどうした？」

『イデアルが製造した防犯設備が使用されています。また、防衛設備の設置も確認しました』

「おい、まさかレリアが敵に回ったのか！」

ここに来てレリアが裏切った？

いや、あいつの場合、立場的にはルイーゼさんとは敵対している。

消えてもらう方がいいと考えたのか？

だが、そこまで思いきりのいい奴でもない。

良くも悪くも、俺と同じように前世を引きずっている。

マリエがイデアルの名前を聞いて、詳しい話を求めてくる。

二作目——マリエは課金をしておらず、イデアルについてあまり詳しくなかった。

「イデアル、って二作目のチート戦艦よね？　どんな奴なの？」

ルクシオンが簡単に説明するのだが、どうにも疑問を抱いているようだ。

『旧人類が作りだした輸送艦です。ただ、私よりも高い情報収集能力を有している可能性が出て来ました。――これは不自然です』

クレアーレも同様の疑問を抱いていた。

『輸送艦にそんな性能が必要なの？　私のデータでは、そんなことはないけど？』

『だから私も戸惑っています。外に出たのは最近とのことですが、私から今まで隠れていたのは脅威と言うしかありません』

イデアルの登場により、俺たちはこれまでのように動けなくなった。

厄介な奴が出て来たと思っていると、マリエが俺に解決策を求めてくる。

「兄貴、これからどうするの？　奪い返すのも難しくなったわよね？　下手に奪ったら、それこそ言い訳の出来ない国際問題じゃない？」

「色々と難しくなったな」

何が問題かと言えば、アルゼル共和国にとって聖樹が絡むと神事になることだ。

生け贄だろうと、聖樹が求めるなら捧げるのが共和国である。

俺がルイーゼさんを助けようとしても、必ず邪魔をしてくるだろう。

「あ、そうだ！　なら、ルクシオンたちに聖樹の花を焼いてもらえば？　そうしたら、生け贄の話も消えるんじゃない？」

「おれもそうしたいけど――」

ルクシオンが一つ目を横に振る。

『イデアルの防衛設備が設置されています。行動を起こせば、聖樹を攻撃したとして王国と共和国の間には大きな問題が発生しますね』

イデアルが邪魔をしていると聞き、マリエが頭を抱える。

「なら、どうすればいいのよ！」

それが分からないから困っているのだ。

ルクシオンが俺に意見を求めてきた。

『マスター、これからどうしますか？　イデアルと敵対するならば、負けはしませんがこちらも損害が出ます。また、イデアルの性能には未知数な部分があります』

――つまりは、ルクシオンを持つ俺でも危険かもしれない、か。

俺は最悪の事態を考える。

それは、イデアルとの敵対だ。

レリアと敵対するのはどうでもいいが、イデアルだけはまずい。

その時のために、一つ手札を用意しておくか。

「まずは情報を集めるぞ。それから――搦め手が駄目なら、正面から乗り込むだけだ。マリエ、お前は何か思い出したら俺に知らせろよ。ルクシオンは俺と来い。それからクレアーレ」

『何かしら？』

「お前は王国に帰れ」

『――え？』

「よく考えたら、今のお前は役に立たないからな。アンジェとリビアが戻る時には迎えに来いよ。じゃ、さよなら」

今回ばかりは、ルクシオンも俺に同意してきた。

『確かに、私がいれば問題ありませんね。クレアーレには、王国で働いてもらいましょう』

俺たち二人に帰れと言われたクレアーレは、寂しいのか抵抗を見せる。

『ま、待ってよ！　私だけのけ者なんて嫌よ！』

「五月蝿い、さっさと帰れ！」

『マスターのばかぁぁぁ！』

泣きながら部屋を出ていくクレアーレに、マリエが手を伸ばした。

「あ、待ちなさいよ！　あ、兄貴、本当に追い返していいの？　クレアーレって結構役に立つと思うけど？」

「――これでいいんだよ。ルクシオン、行くぞ」

『はい、マスター』

◇

六大貴族たちが緊急会議を開いていた。

ルイーゼが生け贄に選ばれた件が議題となっているが、アルベルクを除いた五人の意見は一致している。

「私の娘を生け贄にするだと？」

六大貴族たちの決定は、聖樹が望むならルイーゼを差し出す、だ。

そこに迷いなどない。

六大貴族にとって、いや共和国の人間にとって、聖樹とはそれだけ神聖なものだった。

ランベールがアルベルクの動揺した様子を楽しそうに眺めている。

「聖樹に選ばれたのなら、むしろ喜んで差し出すべきでは？　いや〜、羨ましい限りですな」

羨ましいなどと心ない台詞の裏には、アルベルクへの当てつけが見えていた。

アルベルクが手を痛いほどに握りしめている間に、他の当主たちが今後についての話を開始する。

「しかし、こんなことは今までにありませんでした。これはしっかりと記録するべきです」

「六大貴族からも人を出そう。ルイーゼ嬢の護衛も必要だ。本人は生け贄になるつもりだが、土壇場で心変わりされては困る」

「では、他の家から護衛を派遣しよう」

アルベルクは、自分を放置して話が進むことに腹を立てる。

かつて可愛がっていたフェルナンなど、率先して話に加わっていた。

アルベルクに見捨てられ、新しい関係を築こうと必死なようだ。

そして、ルイーゼを生け贄にするために万全の態勢を敷こうとしている。

「皆さん、もう一つ大事なことがあります。――王国の英雄殿です」

リオンの話題が出ると、首をかしげている当主たちがいた。

「どうして奴の話題が出てくる？　これは共和国の問題だ」

「あの外道には関係のない話だ」

だが、フェルナンはリオンに煮え湯を飲まされた経験があり、随分と警戒していた。

「彼はルイーゼ個人と知り合いです」

「それがどうした？」

他の当主たちは未だに不思議そうな顔をしていた。

理由は、その程度の事でリオンが共和国に手を出せば、大問題になるからだ。

普通の貴族は、その程度の理由でルイーゼを救出などしない。

しかし、フェルナンに同調する当主もいた。

リオンに痛い目に遭わされたベランジュだ。

「フェルナンの言う通りだ」

今まで黙っていたアルベルクは、彼らが警戒するようにリオンが助けてくれればと考えて心の中で苦笑いする。

だからだろう――あまり他の当主たちに警戒させたくなかった。

「彼が動くとは思えないな」

アルベルクがそう言うと、ベランジュが睨み付けてくる。

「そうやって油断し、あいつには何度も痛い目に遭わされた！」

だが、リオンに痛い目を見せられていない当主たちは、冷めた表情をしている。

「それはお前の話だろ？」

「奴が動くものか」

もしもリオンが動くなら、アルベルクにとってこの流れは悪くない。それに、ルイーゼを無理矢理取り戻すことも出来る。

（よし、この流れで――）

しかし、リオンに散々やられてきたランベールやフェルナン、そしてベランジュの三人が強く主張をする。

「あいつは異常だ！　何をするか分からん！」

ランベールに異常呼ばわりされては、リオンも可哀想だと周囲が思う。

しかし、フェルナンが同調する。

「何かあってからでは遅いのです。備えは必要ですよ」

ベランジュはアルベルクに視線を向けていた。

「そうだな。娘可愛さに邪魔をする奴もいるかもしれない。議長代理が、そんなことをするとは思えないが――念には念を入れておくべきだ」

アルベルクは内心で舌打ちをした。

（息子を簡単に切り捨てられる男には分からないだろうな）

ルイーゼを大切にする気持ちを、この場にいる貴族たちには理解されないことをアルベルクは知っている。

自分の方が貴族としては異常だからだ。

ただ、リオンが動くと思わない当主たちもいて、軍備に関しては中途半端な形で話がまとまってしまった。

フェルナンやベランジュは苦々しい顔付きをし、アルベルクもこの結果がどうなるのかを心配する。

（ルイーゼ、私は何があってもお前を――）

◇

ラウルト家の本拠地にある城では、ルイーゼがベッドに横になっていた。

新年祭から戻ってきて数日が過ぎたのだが、ろくに休めていないのかやつれていた。

ベッド横に座るのは、アルベルクとその妻――両親だった。

母親が涙を拭っている。

「どうして――どうしてなの！　リオンに続いて、どうしてルイーゼまでも奪われないといけないの！　私の子供たちばかりが、どうして！」

泣いている母親の手をルイーゼは握り、笑顔を見せる。

「大丈夫よ、お母様。リオンが待っているから」

(あの子も、こんな景色を見ていたのね)

弟のリオンが病に臥し、ベッドから起き上がれなくなった際の景色を想像する。

それだけで胸が痛くなる。

苦しみ、それでも周りに気を遣ういい子だった。

そんな弟を――ルイーゼは助けることが出来なかった。

なまじ、六大貴族として聖樹の大きな力を扱えるために、何も出来ない自分に無力感を覚えたのだ。

それがずっと重荷であり、ルイーゼの後悔だった。

アルベルクが両手を組み、ギチギチと音を立てていた。

「――聖樹が花を咲かせたこともなければ、生け贄を求めた記録もない。ルイーゼ、お前を生け贄などにはさせない」

「お父様――無理なのでしょう？　あの後、すぐに会議が開かれたと聞いています。うちの城に、他の家から騎士たちが派遣されたのは、私を見張るためでしょう？」

ラウルト家の城には、他の五家から騎士や兵士たちがルイーゼの護衛として派遣されていた。

表向きは護衛だが、実際は見張りだ。

アルベルクは、自分の無力さに俯く。

「私以外は全員が賛成した。多数決により、お前を生け贄にすることが決まったのは事実だ」

「貴方！　ルイーゼをこのまま見殺しにするのですか!?」

母親が涙ながらに訴えると、アルベルクがゆっくりと立ち上がる。

その表情には決意があった。

「お父様、駄目です。私は生け贄になります。リオンが待っているから」

「――たとえ、リオンが一人寂しく聖樹に囚われていたとしても、お前を生け贄にするのは我慢ならん。他の五家と争ってでも、必ず止めてやる」

アルベルクが部屋を出ていこうとドアを開ければ、執事がやって来た。

「アルベルク様！　リオ――バルトファルト伯爵がお越しです」

「何？」

面会の予定はなく、本来なら会う必要もなかったが――アルベルクはリオンに会うことにした。

「分かった。私の部屋に通せ」

◇

アルベルクさんの執務室へと通された。

ソファーに座る俺は、大体の事情を聞かされる。

――娘のために戦争を起こそうと考えているとか、本当に悪役なのかと疑いたい。

まぁ、そんな理由で戦争を起こされては、民は迷惑だろう。

一人の犠牲で丸く収まるなら、見て見ぬ振りをするのが人間だ。

でも、俺は嫌いじゃない。

「戦争ですか。穏やかじゃないですね」

「――君も親になれば理解できるさ。いや、貴族であれば、私の判断が間違っていると指摘するべきだろうね。確かに、私は間違っているよ」

それでも戦争をしようとしている。

「娘一人のために戦争ですか――嫌いじゃないですよ」

「意外だな。外道騎士と呼ばれている君なら、娘一人の犠牲で済ませろと言うかと思っていたよ」

心外だな。

外道だから、一人を選び大勢を犠牲にするのだ。

「知らない他人よりも、知り合いを優先する人間ですからね。ほら、外道でしょう？」

「ふははは！　そうか。それが君の生き方か。確かに外道だな。――私も嫌いではないよ。しかし、国を預かる者としては、私は失格だ」

「それなのに戦争はすると？」

正直、生け贄を出してどんなメリットがあるのか未知数だ。

そして、出さなかった場合のデメリットも分かっていない。

共和国からすれば、聖樹が機嫌を損ねて今まで得ていた利益を失う可能性があると思うだけでも恐怖だろう。

無難に生け贄を出しておこうとする判断は、必ずしも間違いではない。

　でも、俺は気に入らない。

「私は息子を失った時に何もしてやれなかった。だが、今は違う。娘のためなら、戦争を起こしてでも守ってみせるさ」

「一対五ですね。数では負けますよ」

「だろうな。だが、私の中の天秤は、国と娘を秤にかけて――娘に傾いた。それだけだ」

　鋭い眼光を前に、何を言っても無意味と悟った。

　綺麗事を並べても駄目だろう。

　民が苦しみます！　とでも言えば「それがどうした！」と返してきそうだ。

　俺は肩をすくめて見せる。

「なら、戦争をしないで済むやり方があれば、どうです？」

　アルベルクさんは、俺が何を考えているのか察したようだ。

「君がルイーゼを連れ去るとでも？　うまくやれるのかな？　失敗すれば、君はお尋ね者になる」

「安心してください。俺、実はこういうの得意なんで」

「だろうね」

　俺の手腕を心配するかと思ったが、妙に信頼されているようだ。

　――何だか複雑な気分だな。

　後ろでコソコソと動くのが得意な卑怯者と思われていないだろうか？

「それで、どうするのかね？」

「その前に、一つ俺に協力してくれませんか？」

「協力？　出来ることなら」

「ありがとうございます。それでは息子さんの――リオン君のエピソードを教えてもらえませんか？」

◇

リオンがアルベルクの部屋を去ると、執事が入室してきた。

「アルベルク様、バルトファルト伯爵がルイーゼ様のお部屋へ向かわれました」

「――そうか」

窓の外を眺めているアルベルクは、執事からの問いかけに答える。

「戦争をするご意志は変わらぬのですね」

「そうだな。悪いとは思っているが――もう止められぬ」

「バルトファルト伯爵でも、説得は出来なかったのですね」

執事は、リオンがアルベルクを説得してくれるのではないか？

そんな風に考えていたようだ。

アルベルクが少し――笑った。

「アルベルク様？」

「戦争の準備は進める。だが、そこから先は伯爵次第だ」

「何かあるのですか？」

「今は言わんよ。――それにしても、彼は本当に外道だな」

リオンの提案を聞いたアルベルクは、どうして外道と呼ばれているのかを察してしまった。そんなリオンに頼る自分を情けなく思う。

「外道ですか？　しかし、バルトファルト伯爵は外道には見えませんが？」

「すぐに分かるさ」

（どうして我が子たちばかりが犠牲になるのか）

アルベルクは、自分たちは聖樹に呪われているのではないか？

（レスピナス家を滅ぼした罪か？）

そんな風に考えてしまう。

◇

ルイーゼは、リオンが部屋を訪れたことに驚いた。

「――リオン君？　どうしてここに？」

「お見舞いに来ました。随分とやつれていますね」

リオンがベッド近くにある椅子に腰掛け、お土産の果物をテーブルに置いていた。

ルイーゼは笑顔で応対する。

「痩せても美人でしょう？」

「俺は健康的な美人がいいですね。――眠れていませんね？」

自分の体調を即座に見抜いたリオンを前に、ルイーゼは俯いた。

表情は暗くなる。

「毎晩夢を見るの。聖樹の中に囚われたリオンが助けてって叫んでいるのに、私はどうすることも出来ないのよ」

両手で顔を覆うルイーゼは、弟が死んだ時のことを思い出す。

「私は苦しむ弟を前に、何もしてやれなかった。それに、十年以上も聖樹の中にいて、苦しんでいるなんて気付けなくて――リオンはずっと一人で、寂しいって泣いているの」

リオンは黙ってルイーゼの話を聞いている。

ルイーゼが嗚咽(おえつ)を漏らすと、優しく背中をさするのだった。

「辛かったですね。眠る度に夢を見るんですか？」

頷くルイーゼは、夢の中で苦しむ弟を見ていられないと話す。

「こっちに来てってリオンが叫ぶの。せめて、私が側にいてあげないと――だって可哀想じゃない」

「――本当に弟さんのことが好きだったんですね」

「ええ、好きよ。正直、最初に君を見た時は本当に驚いたわ。もし、リオンが生きていればこんな風になったのかな、って思えるくらいに似ていたもの」

幼い姿しか知らないが、成長すればリオンと同じだっただろうと何となく感じた。

それはルイーゼだけではなく、両親も同じ意見だった。

「不思議よね。今になって君が現れて、リオンが私に助けを求めてくるなんて」

ルイーゼは、何か運命的なものを感じていた。

リオンは、それを馬鹿にしないで聞いている。

「そんなに似ているんですかね？　でも、話を聞く限り、俺とは似ていませんよ。俺、ガキの頃は控えめないい子でしたよ。人見知りで、内気な子だったたです」

リオンの話し方を聞いて、ルイーゼは懐かしくなった。

「その言い回しや、嘘の吐き方が本当にソックリよ。でも、そうね——リオンはもっと目立ちたがり屋だったかしら？　あら、それならリオン君と一緒かしら？　だって、君は共和国に来て、一年もしない内に有名人だもの」

「周りが放っておいてくれないんですよ」

やはり弟に似ている。

ルイーゼはリオンとの話で、それを実感していた。

(守護者の紋章を宿して、ロイクからノエルを救って——リオンがいれば、きっと君と同じ事をしたでしょうね)

ルイーゼは、リオンの顔に手を伸ばして頬に触れた。

リオンはされるがままだ。

「弟さんの話、聞かせてくれませんか？」

「いいわよ。眠るのが怖いから、リオンの楽しい話をいっぱい教えてあげる。そうね、まずはあの子が――」

◇

ベッドに横になるルイーゼさんが、寝息を立てていた。

俺の側にはルクシオンが姿を現す。

『マスター、ルイーゼに対して睡眠薬を使用しました。夢も見ずに眠れるはずです』

「お前って本当に便利だな。――それで？ 邪魔者はどうだった？」

ルイーゼさんの話を俺が聞いている間、ルクシオンは城の中を探っていた。

『イデアルの防衛設備が配置され、ここから連れ出すのは容易ではありませんね』

「あれ、もしかしてお前よりイデアルの方が優秀なの？」

『――特定分野で負けていますが、総合的には勝っています。一部分だけを見て、優劣を判断するのは間違いですよ』

どうやら気にしているようだ。

しかし、まいったな。

この言い方からすれば、ルクシオンはイデアルに特定の分野で負けていることになる。

総合能力はルクシオンが上としても、イデアルの戦力は現時点で未知数だ。

ルクシオンが負けている可能性もある。

「イデアルは、どうしてここに防衛設備を配置したんだろうな？」

素朴な疑問を呟けば、ルクシオンは不思議そうにしている。

『レリアが命令したからでは？　もしくは、ルイーゼの件とは関係ない可能性がありますね』

「そっちも確認しないと駄目だな。よし、そろそろ行くか。もう外は真っ暗だ」

話を聞くだけで夜になってしまったが、おかげで色々と知ることが出来た。

俺がこれから何をするのか知っているルクシオンは、本当にこのまま続けるのかと問いかけてきた。

『マスター、よろしいのですか？　ルイーゼに恨まれることになりますよ』

そうなるだろうな。

「大いに結構！　それであの人が生き残るなら、問題ないね」

『マスターは、本当に不器用ですね』

不器用な人工知能に言われたくはない。

◇

リオンが城を出た後。

セルジュは、自室にあるベッドに横になっていた。

「――ちっ、どうするかな」

新年祭の一件で、ルイーゼが生け贄にされるのはほぼ決まっていた。

セルジュとしては、聖樹に生け贄を捧げる話にあまり興味がない。

ただ、ルイーゼのことが気になっていた。

天井を見上げながら思い浮かべるのは、ルイーゼを初めて見たあの日のことだ。

今でも覚えている。

「助ければ、俺も認められるのか？」

ルイーゼを助ければ家族として認められるのか？

そんな気持ちを抱いている自分に気が付き、セルジュは起き上がって乱暴に頭をかく。

「何を今更。あいつらが求めているのは、死んだリオンの身代わりだけだ。そうだよ、いつもリオン、リオンってよ」

幼い頃、ルイーゼはリオンの話を楽しそうにしていた。

そしてリオンがいないことを悲しみ、城の中の雰囲気もどこか暗かった。

セルジュは、自分がリオンの身代わりとしてここに連れて来られたと思っていた。

それは事実でもある。

跡取りを求めたラウルト家が、分家の出身であるセルジュを養子として迎え入れた。

――リオンの代わりに、だ。

「今更家族になんて――なれるかよ」

どこかで、家族として認められたいと思いながらも、気持ちの整理がつかずにいる。

そんなセルジュのもとに、イデアルが姿を見せてきた。

『こんばんは』

「お前か？　何しに来た？」

『いえ、面白い情報を掴みましたので、ご報告に訪れました』

「面白い？　悪いが、今は楽しい話なんて聞いていられる状況じゃないんだよ」

再び横になるセルジュに、イデアルが近付いてくる。

『おや？　初恋相手のルイーゼが生け贄に選ばれたのが、そんなに悲しいのですか？』

その瞬間、セルジュはイデアルを片手で掴んでいた。

ギチギチと音が聞こえるほどに握りしめている。

血走った目に、額に浮き出た血管。

興奮したセルジュは、今にもイデアルを力の限り破壊してしまいそうだった。

「――今、何て言った？」

『子機を破壊しても意味がありませんよ。壊しても、すぐに予備機が起動します。それはそうと、これをご覧ください』

赤いレンズから光が発せられると、壁に映像を映し出した。

そこには、リオンと話をするアルベルクの姿が映し出されていた。

随分と楽しそうに会話をしている。

「こ、これは？」

『数時間前の映像です』

「――何だと？　俺は何も聞いていないぞ！」

『城にいる人間たちが知らせなかったのでしょうね。彼は死んでしまったアルベルク殿のご子息に似ていますからね。それに、セルジュ様と揉めたのも知れ渡っていました』

知らない間にリオンが来て、アルベルクと何やら話をしていた。

その姿が、セルジュには妙に腹立たしい。

(俺にはこんな顔を見せたことなんてないのに)

普段見るアルベルクの表情と言えば、怒っているか困ったような表情だ。

どこかよそよそしさを感じていた。

それが、リオンに対する表情はどうだ？　警戒心を感じない。

奥歯を噛みしめていると、映像が切り替わった。

『こちらはルイーゼさんの部屋の映像です。随分と楽しそうですね』

ルイーゼがリオンに見せる笑顔は、あの日――子供の頃に見た時の笑顔だった。

自分が心を奪われた笑顔だ。

しかし、今は自分に向けられる事はなくなった。

セルジュの瞳からハイライトが消え、そして脱力しながら映像を見る。

「――そんなに、弟に似ている男がいいのかよ」

イデアルは、次に二人の会話の内容について報告する。

『こちらは、二人の音声になります』

ルイーゼとリオンの会話が再生された。

『まるで本当に弟と会話しているみたい。楽しかったわ、リオン君』

『俺も楽しかったですよ』

『本当に――君の方が――弟に』

そこで音声が途切れてしまう。

『おや、音声データにノイズが入っていますね。改良が必要なようです』

いつの間にか、セルジュはイデアルを解放していた。

そして、天井を見上げて笑い出す。

「アハハハ！」

『セルジュ様？』

「いや、悪い。よく報告してくれたな。確かにこいつは面白い情報だったぜ。やっぱり、この家にとって俺はただの身代わりだったわけだ――糞が！」

笑っていたセルジュが、起き上がって近くにある家具を蹴飛ばした。

暴れ回り、部屋を荒らし始める。

そんな姿を見たイデアルは――セルジュに声をかける。

『面白い部分はここではなかったのですけどね。実は、リオンには私と同様にロストアイテム枠が存在しています。ほら、ここです、ここ』

「――どういうことだ？」

『リオンが共和国で暴れていた原因ですよ。私としては仲間ですので、仲良くしたいのですけどね。いや、しかし、私の同類を連れ歩いて共和国に喧嘩を売るとは凄い人ですね』

セルジュはリオンについてあまり知らなかった。

留学生で、少し目立ったことをした程度の認識だ。

それは、城の人間たちがセルジュに極力リオンの話をしなかったことが原因である。

「共和国に喧嘩を売った？」

『本当に知らなかったのですか？　彼は、共和国に留学してから、フェーヴェル家のピエール、そしてバリエル家のロイクの二名をロストアイテムの力で叩き潰しています。随分と過激な方ですね』

セルジュは、戻ってきた自分が何も知らなかったことに今更気が付く。

「どうして誰も俺に教えなかったんだ！」

『いえ、こちらも知らないとは思いませんでした。それに、レリア様も、知っているものと考えていたのでは？　共和国では広く知れ渡っていますよ。王国から来た〝外道騎士〟と』

「外道？　おい、なら親父――いや、アルベルクはそんな奴と楽しそうに会話をしていたのか？　ほとんど共和国の敵じゃねーか！」

『はい。息子さんの面影があるとのことなので、共和国に害をなす存在だろうと憎みきれないのでしょうね』

セルジュは何もかもが嫌になる。

「何だよ――それ」

（養子の俺よりも、敵でも息子に似ていたら家族揃って受け入れるのかよ。俺を――俺を受け入れなかった癖に！）

セルジュは一つの覚悟を決める。

「おい、イデアル。お前の力を貸せよ」

『了解です』

セルジュは壁に映るリオンの姿を見る。

「ロストアイテムで粋がっているだけの奴には、お仕置きが必要だよな？」

新年祭で簡単に殴り飛ばせた相手だ。

セルジュは、生身ならリオンなどどうとでもなると考えていた。

第06話

# 「補給艦イデアル」

新年祭から数日が過ぎた頃。

そろそろ王国に戻らなければならないリビアは、気まずい雰囲気の中でアンジェと向かい合っていた。

部屋には二人しかおらず、気を利かせたコーデリアによりしばらくは誰も入ってこない。

リビアがモジモジしながらも、アンジェを前に勇気を振り絞って声をかける。

「あ、あの！」

「リビア、私は――」

だが、二人同時に声をかけてしまい、またしても間が空いてしまう。

不器用な二人が、互いに困った顔をする。

すると、その顔が可笑しかった。

同時に、お互いに仲直りをしたいという気持ちが通じ合った。

二人が笑顔になると、アンジェの方から話しかけてきた。

「迷惑をかけたな。――ノエルの件は、お前の言うとおりだ。私はノエルの気持ちを無視していた。反省している」

アンジェの謝罪に、リビアは首を横に振る。

「私がいけなかったんです。アンジェの立場も考えずに、あんなことを言ってしまって。それに、アンジェが色々と考えているのは知っていたのに」

ノエルの件で対立していた二人は、これで仲直りをすることになった。

ただ、アンジェの方針は変わらない。

「すまなかったな。だが、私は今でもノエルは連れ帰るべきだと考えているよ」

「国のためですよね？」

「それもある」

「それも？」

リビアが首をかしげたので、アンジェはノエルの将来について話をする。

聖樹の苗木というとんでもない宝を持ち、その巫女に選ばれたノエルは各国からすれば是が非でも欲しい存在になってしまった。

「ノエルは今後、一生付け狙われる人生が待っている。それだけの価値がある存在になってしまったからな」

「それは知っています」

「いや、リビアは正確に理解していないさ」

アンジェは、リビアの認識がまだ甘いと考えているようだ。

「――人はどこまでも残酷になれる生き物だ。まして、とんでもない利益を目の前にぶら下げられれば、何だってする」

「アンジェ？」

アンジェが首を横に振った。

「私も詳しい話はしたくない。だが、最悪の場合、ノエルに待っているのは地獄だ。本人のためにもならないが、仮に他の国に奪われて不幸になればどうなると思う？」

「そ、それは――」

リビアもあまり考えたくないが、ノエルは不幸になるだろう。

ただ、アンジェが気にかけていたのはその先だった。

「ノエルが不幸になれば、リオンが気に病む。リオンはそういう男だ。――私は、リオンが苦悩する姿を見たくはないよ」

アンジェがリオンの事を考えていると知り、リビアは恥ずかしくなる。

「ごめんなさい。私は、アンジェがそこまで考えているとは思わなくて」

「残念だが、こんな風に考えるようになったのは最近だ。最初はそこまで気が回らなかった。お互い様だよ」

リビアが俯くと、アンジェが抱きしめる。

リビアもアンジェの背中に手を回した。

アンジェがリビアの耳元で囁く。

「正直、私も他の女をリオンの側には置きたくない。だが、あいつは厄介事を引き寄せるからな。個

人としても、ノエルを不幸にはしたくない。そして、貴族としてもノエルを放置は出来ない」

「――私もアンジェと同じ気持ちです」

「許せよ。お前が嫌がると分かっていても、私はノエルをリオンの側に置くしかない。ホルファート王国に連れ帰っても、王宮には渡せないからな」

リビアが頷くと、アンジェの顔が近付いてきた。

そのまま二人の唇が重なる。

◇

屋敷の玄関を掃除していたユメリアは、天気の良さに顔を上げる。

「今日もいい天気だな〜」

ホノボノとしているユメリアは、このままお昼寝をしたい気分になる。

しかし、顔を横に振って意識を仕事に向けるのだ。

「いけない。頑張らないと、またカイルに怒られちゃう。よし、頑張るぞ！」

掃除に戻ると、門を通って一人の女性がやって来た。

近くには青い球体の姿もある。

「あれ？　ルクシオンさん？」

困惑していると、レリアが話しかけてきた。

「ねぇ、リオンとマリエはいる？」

尋ねられてハッとしたユメリアは、何度も頷いた。

「い、います。いえ、おられます！」

「そう、なら呼んできて。レリアが来た、って言えばいいから」

「は、はい！」

バタバタと屋敷へ戻ろうとするユメリアは、振り返ると足を滑らせてこけてしまう。

「ひぐっ！」

「ちょ、ちょっと、大丈夫!?」

「す、すみません。私、ドジなので」

「あんた、ユメリアさんだったわよね？　ゆっくりでいいから、とりあえずあいつらを呼んでくれる？」

「――はい」

ユメリアが立ち上がってスカートを手で叩くと、慌てるなと言われたのに急いでしまう。

「こ、こら、慌てるな！　――イデアル、どうしたの？」

『――いえ、何でもありません。先程のエルフの女性は、ユメリアというのですか？』

ユメリアが屋敷の中に入ると、二人の会話は聞こえなくなった。

◇

「何だか、あたしの知らないところで話が進んでいくわ」

階段に腰掛けるノエルは、苗木の入ったケースを抱きしめていた。

そんなノエルの側にいるのは、友達になったマリエである。

事情を知っているマリエは、ノエルのフォローをするのだった。

「リオンに任せておけば大丈夫よ。それより、ノエルはこの先どうするつもり？」

ケースを抱きしめるノエルは、まだ決められていないようだ。

「何て言うか、リオンの世話になるのも違う気がするのよね。だって、婚約者が二人もいるのに、あたしが世話になってもいいと思う？」

「結婚式をぶち壊しにされたのよ。頼って使い潰してやりなさいよ」

「それはちょっと」

マリエの過激な発言に同調しないノエルは、まだリオンの事を気にしている様子だった。

「ま、ゆっくり考えなさい。時間はまだあるわ」

そう言いながらも、マリエは内心で焦っていた。

（ノエルを放置は出来ないし、兄貴は本人に任せるって言うし、本当にどうしたらいいのよ！　あ〜、もう！　予定通りにいかないんだから！）

マリエがどうすれば丸く収まるかを考えていると、ユメリアがパタパタと走ってきた。

「あ、マリエ様！　お、お客様ですよ！」

「私に？」

「いえ、リオン様も呼んで欲しいと言われたので、これからお部屋にお伺いします。で、では――あっ！」

慌てていたユメリアが階段で躓き、膝をぶつけて痛そうにしている。

ノエルがユメリアを抱き起こした。

「ちょっと、大丈夫？」

「だ、大丈夫です。お客様が急いで欲しいと言っていたので、私は急ぎますね」

マリエは、別に客人くらい待たせてもいいのに、と思っていた。

何しろ、自分とリオンを呼び出すということは――相手は誰か決まっている。

玄関からズカズカと入ってくるのは、腕を組んだレリアだった。

その側には、話に聞いていたイデアルの姿がある。

ユメリアがリオンの部屋に向かうと、ノエルが階段を下りてレリアに近付いた。

「レリア、何しに来たの？　あれ？　どうしてルクシオンと同じ子がここにいるの？」

不思議そうにしているノエルに、イデアルがフレンドリーに話しかけた。

『初めまして、ノエル様。私はイデアル。ルクシオンとは――まぁ、同類ですね。以後よろしくお願いします』

「え、あ、はい」

ノエルが戸惑っているのは、どうしてルクシオンの同類をレリアが所持しているのかということだ。

マリエは不思議に思わないが、ノエルからすれば疑問しかないだろう。

「いつも急に来るわね」

マリエが嫌そうな顔をすれば、レリアの方は髪を手で背中側に回していた。

「前にリオンに話をする、って伝えていたはずよ。それより、一体どうなっているの？」

ノエルがいては話が出来ないので、マリエは奥の部屋で待つように促す。

「応接室で待っていて。リオンもすぐに来るから」

「そう。なら、待たせてもらうわ。あ、そうだ。その間、姉貴と話をさせてもらうわよ」

レリアはそう言って、ノエルの手を引いて奥へと向かうのだった。

マリエは、その態度に腹が立つ。

「――あいつ、ノエルを何だと思っているのよ」

◇

応接室にやって来たノエルは、レリアの話を聞いて唖然としていた。

「共和国に残れ、ですって？」

残って欲しい、ではない。

残れ――命令だった。

「そうよ。姉貴が外国に行ってうまくやれるとは思えないし、そもそも共和国にいた方が安全よ。私が守ってあげるわ」

守ってあげる、その態度にノエルは見下されている気がした。

「何よ。いくらエミールと婚約したからってさ」

「エミールじゃないわ。私が守るのよ」

「どういう意味よ？　あたしたちを守ってくれるのはエミールでしょう？　それくらい、あたしにだって理解できるわよ」

レリアが強気の態度を見せるのは、エミールと婚約したからだとノエルは予想していた。

しかし、レリアはエミールに頼る様子がない。

「もう、エミールなんて関係ないわ」

「エミールが関係ないってどういう意味よ？　あんた、もしかして喧嘩でもしたの？」

姉妹としての直感なのか、ノエルはレリアの様子からエミールと喧嘩をしたと予想した。

それは見事に当たっていたようだ。

「姉貴には関係ない」

「あるに決まっているでしょうが。何があったか知らないけど、あのエミールが何かするとは思えないわね。――あんた、何かやった？」

図星だったのか、レリアの表情が曇る。

ノエルは、レリアが自分から視線をそらしたのを見て確信した。

「やっぱり」

「姉貴には関係ないわ！　それに、もうエミールなんて必要ないのよ」

「必要ないってどういう意味よ！　あんた、あんなにエミールと――」

姉妹で言い争いが始まると、ドアがノックされた。

二人の視線がそちらに向かえば、ルクシオンを連れたリオンの姿がある。

「はい、そこまで〜。姉妹喧嘩は止めようね」

その後ろにはマリエもいた。

「どの口で言っているのよ。喧嘩ばかりしている奴が言う台詞じゃないわ」

「俺は平和主義だ。喧嘩は嫌いだ」

「そうね。得意なだけよね！」

リオンとマリエが笑顔で睨み合っているのを見て、ノエルもレリアも馬鹿らしくなり言い争いを止めた。

レリアが腕を組むと、ノエルに退室するように言う。

「リオンたちと話をするから、姉貴は出ていって」

「何でよ！　どうしていつもあたしをのけ者にするのよ！」

「いいから出ていって！」

ノエルは、レリアに部屋から追い出されてしまった。

◇

「姉に対して随分な態度だな」

ノエルを無理矢理追い出したレリアを見て、俺は呆れてしまう。

今のレリアは、大きな力を得て傲慢になっている。

「力を得て増長するのは止めた方がいいぞ」

俺のアドバイスを聞いて、嫌そうな顔をするレリア――ではなくルクシオンが俺に驚いていた。

『マスター、あれほど鏡を見て発言しろといつも言っているではありませんか』

マリエも同様だ。

「兄貴、どうしてそうやって自分にも当てはまる言葉を相手に言えるの？　恥ずかしくないの？　私、妹として恥ずかしいわよ」

どうしてマリエにここまで言われないといけないの？

「お前、俺に言える立場か!?　――ま、それはいい」

レリアが「ちょっと！」と、俺の態度を責めてくる。

しかし、この話をしても意味がないので、さっさと本題に入る。

「レリア、どうしてラウルト家にイデアルの防衛設備を設置した？」

俺が質問をすると、レリアは首をかしげていた。

「何の話よ？」

マリエが左手を腰に当てて、右手でレリアやイデアルを指さした。

「あんたらが余計なことをしてくれたから、ルイーゼを助けられないのよ！　いいから、とっととその防衛設備を外してよ」

レリアは本当に知らないのか、マリエに対して喧嘩腰の態度を見せる。

「知らないわよ！　私のせいにしないで。それに、ルイーゼの件は私も知らなかったし、これから相談しようと思って訪ねてきたんじゃない」

俺もマリエも、これは予想外だった。

『そうなると、犯人は絞り込めますね』

ルクシオンの赤い瞳が、イデアルへと向けられる。

すると、イデアルが――。

『も、申し訳ありませんでしたぁぁ！』

――いきなり謝罪してきたことに、レリアが驚いている。

「ちょっと、どういうことよ！」

『じ、実は、防衛設備を用意したのは、セルジュ様の命令だったのです』

「セルジュの？　ちょっと、あんたのマスターは私でしょ！」

レリアも把握していなかったようだ。

ただ、イデアルも困惑している。

『え？　い、いえ、あの時に私は二人をマスター登録しました。ですので、私に命令できるのは、レリア様とセルジュ様のお二人ですよ』

「――嘘」

レリアも初めて知ったようで、呆然としていた。

チート戦艦を手に入れたら、命令権を他の奴も持っていた――とは、流石に予想外だったのだろう。

しかし、困ったな。

「よりにもよってセルジュかよ。一番力を渡したら駄目な奴だろ」

いきなり人に殴りかかってくるような奴だ。俺は嫌いだ。

マリエは、それならば話は簡単だと上機嫌になる。

「でも、これで解決よね。レリア、さっさと防衛設備を取り払うように命令して」

「わ、分かったわよ。イデアル、お願い」

『無理です』

「へ？」

イデアルの方が、当然であるかのように拒否していた。

『残念ながら、私の中でレリア様とセルジュ様は同格です。一方の命令を理由なく取り消すことは出来ないのです』

俺はルクシオンに視線を向ける。

「こう言っているが？」

『軍隊の人工知能は、私とは命令系統が違います。独自規格でもあるのでは？　それよりも、これなら防衛設備だけを破壊すれば、ルイーゼの確保は可能ですね』

イデアルと争うことは避けられそうだな。

「問題はセルジュだな。あいつ、家族に対してこじらせているって聞いたけど？」

レリアを見れば、思い当たる節があるのか俺から視線をそらしていた。

「あいつ、養子でラウルト家に引き取られていたのよ。馴染めなくて、本物の家族に憧れているとは聞いたわ」

「――俺からすれば、羨ましい家族だったけどな」

家族を比べても仕方がないが、間違いなく姉という立場に限ってはラウルト家の圧勝だ。

ちくしょう――ルイーゼさんが姉なら、どれだけ良かったか。

ただ、レリアにしてみれば、ラスボスの家族は敵だ。

いい感情を抱いてはいなかった。

「どこがよ。セルジュは言っていたわ。俺だけ家族と認められていない、って。どうせ、跡取り欲しさに受け入れただけなのよ。自分の子供が死んだから、って本当に勝手な連中よね」

俺から見れば、優しい人たちだったけどね。

娘のために戦争まで起こそうとしていたアルベルクさんを思い出す。

「――ま、お前の感想はどうでもいいや。とにかく、セルジュはこの件では敵対するってことだよな？　イデアル、お前はどっちの味方をするんだ？」

セルジュは敵に回る可能性が高い。

で、あれば――イデアルは危険だな。

俺の視線の意味を感じ取ったのか、イデアルはヤレヤレと一つ目を横に振る。

こうしたところは、ルクシオンと同じだな。

『本来ならどちらかを優先する行為は避けたいのですが、事情が事情ですからね。私の方から、これ以上の戦力供給は行いません。――ただし、これが妥協できるラインです。セルジュ様の持っている戦力を奪うことは出来ません』

「それだけ約束してくれれば問題ない。この問題は俺たちでどうにかする」

問題が一つ解決したな。

後は――どのようにルイーゼさんを連れ戻すか、だけだ。

ルイーゼさんの問題が片付いたと思ったのか、レリアは別の話題を出す。

「なら、姉貴の話をしましょう。ハッキリ言うわ。イデアルがいる今、私は姉貴を守れる力があるの。あんたたちに頼る必要はない」

マリエが頬を引きつらせている。

「てめぇ、調子に乗るなよ。兄貴が本気出したら、お前らボコボコだからな」

こいつはどうして俺を過大評価するのだろうか？

俺はイデアルとは戦いたくないぞ。

ただ、レリアはイデアルを得て自信がついたのか、以前のような戸惑いは見せない。

「あら、やるの？　イデアルは軍艦よ。そっちのルクシオンは移民船よね？　戦いになるのかしら？」

すると、これまで黙っていたルクシオンが早口で捲し立てる。

『おや？　レリアに我々の戦力分析が出来るとは驚きですね。そもそも、私の本来の性能を知っているのですか？　知らないのに勝ち誇れるとは、随分な自信をお持ちですね。それに、イデアルは軍艦でも補給艦ですよ。貴女に分かりやすく説明するなら、前に出て戦うタイプではありません。後方にてその性能を発揮するタイプです。戦闘を専門に設計されていないのですが、ご存じなかったのですか？』

「え？　あ、えっと？」

レリアが助けを求めるようにイデアルに視線を向け、選手交代だ。

『ルクシオン、レリア様をあまりいじめないでください。それに、私はこう見えて実戦経験豊富ですよ。実際に戦えば、どちらが勝つかは分かりません。違いますか？』

『――そうでしょうね』

ルクシオンが必ず勝てる、と言い切らなかった。

不確定要素があるのか？

「意外だな。お前が勝つって言い切らないのか？」

『我々は新人類と戦うために作られており、人類同士の戦争には参加しておりません。つまり、戦艦同士で戦ったデータがないのです』

やってみないと分からない、と。

あ～、そういうことね。こいつも自信がないわけだ。後でからかってやろう。

それにしても、イデアルについて色々と聞けたのは良かった。

「お前、新人類と戦っていたのか？」

『はい。あの戦いは本当に酷かった。私は、整備をするために基地に戻っており、新しいマスターたちが来るのを待っていたのです。しかし、基地に魔装の侵入を許してしまい、半壊状態に追い込まれたのです。幸い、私だけは待機命令で動けず、生き残っていました』

レリアも初めて聞いたようだ。

「え、そうなの？　あ、もしかしてあの時に見かけた鎧が魔装とか？」

『はい』

ここで、ルクシオンが過剰反応を示す――いつものあれだ。

『qあwせdrftgyふじこlp；！！！』

その反応に驚くレリアは、壁際まで逃げていた。

「な、何なのよ！」

「ごめんな。こいつ、魔装とか大嫌いなんだ」

イデアルも頷いていた。

『分かります。私も嫌いです』

その割に、こちらは随分と落ち着いている。

ルクシオンの赤い瞳が不気味に光っていた。

『どこですか？　魔装はどこにあるのですか？　破壊しなければ――塵(ちり)一つ残さずに破壊しなければ

――新人類の遺産は、全て破壊対象です』

「お前、いつもそれだな」

興奮しているルクシオンを、嬉しそうなイデアルが落ち着かせていた。

『落ち着いてください、ルクシオン。魔装は私の方で破壊しておきました。もう残っていませんよ』

『――そうですか』

ルクシオンが落ち着いたところで、俺は壁に張り付いたレリアにノエルの今後について考えを述べた。

「レリア、ノエルの将来はノエルに決めさせた方がいいって」

「な、何でよ！　こっちには姉貴と苗木が必要なのよ！」

「そうなったら、その時に考えればいいだろ。それに、今は聖樹が暴走するとは思えないからな」

「だ、だけど」

今のアルベルクさんがラスボスになるとは思えない。

なるとすれば――ルイーゼさんを失ってしまった時だろうか？

娘を失い、自暴自棄になって――あり得るな。

つまり、ルイーゼさんを助けるということは――世界の崩壊を防ぐ事に繋がるわけだ。

あ～、俺ってまた世界を救っちゃうのか～。辛いな～、また世界救っちゃうよ～。

――と、冗談はここまでにしておこう。

「ノエルはお前が思っているよりもしっかりしているよ。だから――」

そう言うと、レリアは俯いて――部屋を出ていくのだった。

『あ、レリア様！　皆様、これで失礼いたします。レリア様～！』

レリアとイデアルが去って行き、俺とルクシオン――そしてマリエが残された。

マリエは不満そうだ。

「あいつ、イデアルを手に入れたから調子に乗っているのよ。兄貴、もっといつもみたいに脅してよ」

「嫌だよ。それに、いつもみたいに、って何だよ？」

マリエは視線を床に向けていた。

「――レリアの奴、ノエルを物か何かだと思っているわ。レリアに任せても、ノエルが不幸になるだけよ」

双子の姉妹とは言っても、レリアは転生者だ。

姉妹という感覚は、もしかしたら薄いのかもしれない。

「どうするかな？　ルクシオン、何かいい方法はあるか？」

『困ったら他人を頼る。本当にマスターは自分で考えて解決しようとしませんね』

「俺、不器用だから」

『都合のいい時だけ不器用ぶりますね。普段は器用に生きている、と言っていましたが？』

「人間って都合のいい生き物だよな。――それで、お前はどう思う？」

『大きな力を得れば、マスターでなくとも傲慢になるものです。人間らしくて私は好きですけどね。

一度、痛い思いをするのがいいのですが、イデアルが側にいればそれも難しいはずです。――ただ』

「ただ？」

『いえ、何でもありません』

「気になるから最後まで言えよ」

『マスターが混乱するので、しっかりと裏が取れたらお話しします。それよりも、ルイーゼ救出のための準備があるのでは？』

おっとそうだった。

「そうだったな。俺も準備するか。あ、マリエ、五馬鹿を呼んできて」

「いいけど、今度は何をさせるつもり？」

「――楽しいこと」

最高の笑顔でそう言ってやると、マリエがドン引きした顔をしていた。

◇

マリエの屋敷を飛び出したレリアは、イデアルが用意した車の後部座席で俯いていた。

自動運転の車は、自宅を目指して走っている。

運転席にいるイデアルが、レリアを慰めていた。

『レリア様、あまり気にしてはいけません。レリア様が、どれだけノエル様のことを考えているのか、彼らは理解していないのです』
イデアルの話を聞いて、レリアもそれに同意する。
「そうよ。誰も理解していないのよ。私がどれだけ――姉貴のことを考えてきたと思っているのよ」
レリアは前世を思い出す。

◇

レリアには、前世でも姉がいた。

自分よりも優れていた姉は、自慢の姉――ではなく、常に比べられる存在だった。

「どうして姉さんみたいに出来ないんだ？」

「本当に出来の悪い子ね。お姉ちゃんは、あんたくらいの時にはこれくらい出来たわよ」

常に両親に比べられてきた。

学校でも同じだ。

好きになった男子に告白した時は、断られたあげくに「あ、今度お姉さんを紹介してくれない？」

と言われた。

前世、レリアには姉という存在が邪魔だった。

そんなレリアが大人になり、婚約者が出来た。

家族が会社を経営しており、次期社長という青年だった。

真面目とは言えなかったが、それでも容姿に優れ、楽しい人だった。

そして、前世のレリアにとっては自慢だった。

(姉さんに勝てる。私は姉さんに勝てた!)

当時、姉が付き合っていた彼氏と比べても、明らかに自分の婚約者の方が勝っていると浮かれていた。

そして、今までの鬱憤を晴らすかのように、実家に婚約者を連れていった時だった。

最初は家族も「こんな娘で良ければ」と喜んでいた。

しかし――数ヶ月には、自分の婚約者が姉と付き合っていた。

前世のレリアは、何が起きたのか理解できなかった。

婚約者に理由を問い詰めると、悪びれた様子を見せていなかった。

「悪い。でも、お姉さんと気があったんだよね」

そして、姉の答えはもっと酷かった。

「ごめんね。でも――ちゃんには、もっといい人が現れると思うよ。だから、私たちのことを祝福してくれるよね?」

謝罪しながらも、自分を笑う姉の姿を今でもレリアは覚えている。

姉が憎かった。

家族にも抗議をしたが、両親は揃って――。

「お前には不釣り合いだったんだ」

「お姉ちゃんの方が相応しいわ。あんたは他の人を見つけなさい」

――相手にもしてくれなかった。

そこから、前世のレリアは家族と縁を切った。

その経験もあり、レリアは姉という存在が憎くて仕方なかった。

◇

後部座席で前世の姉を思い出し、そして今世の姉――ノエルと重ねる。

レリアは、姉という存在が嫌いだった。

どこまでいっても、自分は姉のおまけ扱いだ。

「――譲ってあげたのに。私は地味で冴えない子を選んで我慢してあげたのに、どうして思った通りにいかないのよ」

レリアは、思い通りにならないノエルに腹が立つ。

自分は我慢してエミールを選んだというのに、ノエルは他の攻略対象の男子たちに見向きもしなかった。

よりにもよって、レリアと同じ転生者のリオンを選んでいる。

「姉さんも――姉貴も同じよ。私から何もかも奪っていく。巫女に選ばれたのも姉貴だった。私は同じレスピナス家に生まれても――資格すら与えられなかった」

この世界の主人公であるノエルが、レリアには羨ましかった。

双子の妹に転生し、もしかしたら自分にも――などと、淡い期待を抱いていた。

しかし、その期待はすぐに打ち砕かれる。

今世の両親に言われたのだ。

お前に巫女の資質はない、と。

その時にレリアは気が付いた。

(どこまでいっても、私は姉のおまけよ。だから、今度は慎ましく生きようと思ったのに。どうして邪魔をするのよ)

自分の思い通りにならないノエルに腹が立ち、そんなノエルに手を貸すリオンたちにも腹が立つ。

彼らは同じ転生者でありながら、自分ではなくノエルを助ける。

「結局、みんな姉貴を選ぶのね。どうせ私は――姉貴のおまけよ。でも、私にだって意地があるわ」

後部座席で俯くレリアを、バックミラー越しに見るイデアルの赤いレンズが怪しい光を放っていた。

# 第07話「暗躍する者」

「ルイーゼさんを救出する。だからお前らも手を貸せ」

食堂に集めた五馬鹿を前に、俺は堂々と宣言する。

前掛けを着用したユリウスは、俺の話を聞いて額に手を当てていた。

「バルトファルト、ノエルの時とは状況が違うぞ。何か考えでもあるのか？」

「助けるだけなら」

「――お前、まさかそれ以外は何も考えていないのか？」

俺を見て驚くユリウスは、戸惑っているようだ。

そんなユリウスに代わって説明するのは、態度が大きくなったジルクである。

俺を小馬鹿にしたような物言いをする。

「バルトファルト伯爵、失礼ですが助ければそれで終わりと考えていませんか？　殿下が危惧されているのは、ルイーゼさんを救出した後の話ですよ。助ければ終わり、という話ではありません。この前は国際問題だと騒いで、今回はその問題を無視ですか？」

少し前に、ロイクと無理矢理結婚させられそうになったノエルを助けた。

その際に俺は、国際問題が怖くて思うように動けなかった。

だが、気付いたのだ。

普段駄目すぎる五馬鹿だが、しっかり教育を受けた貴公子たちである、と。

国の問題になると、それなりに役に立つ連中だ。

「事後処理が面倒だから、お前らに頼っているんだろうが。ほら、この前の時のように、共和国のプライドをへし折るような作戦を考えてくれ」

自分で言っておいて、無茶ぶりにも程があると思っている。

しかし、転生者の俺とは違い、こいつらは現地で育っている。

俺には考えつかない方法を思い付く可能性も——なきにしもあらずだ。

ブラッドが鳩と兎を抱きしめながら、クリスと話をしていた。

「共和国の騎士や軍人たちのプライドを叩き潰したのって、バルトファルトの勝手な行動だよね？ 僕たち、もっと穏便な作戦を提案しなかった？」

「そうだな。正直、バルトファルトの相手をするロイクが憐れに思えたほどだ。ネチネチと嫌がらせをさせたら、バルトファルトは天才だ」

ふんどし姿で真面目ぶっているクリスの発言を無視し、俺はテーブルに両手を置いた。

「ほら、養ってやっているんだから少しは知恵を貸せ」

不満そうにしているグレッグが、渋々と協力には同意する。

「いや、手伝えって言われたら手伝うぜ。実際、お前には世話になっているし。でも、何をやるか分からないと、手伝いようがないって言うか——そもそも、ルイーゼってお前にとって何なの？」

助ける価値があるのか？　そんな当たり前のことを問いかけてくるグレッグだが、トレーニング中だったのか筋肉がパンパンに膨れ上がっている。

あと、タンクトップにショートパンツという姿だ。

流石にパンツ一枚は寒かったと見える。

うん、服を着ているので何も問題ない。

「う〜ん——お姉ちゃんかな？」

俺の発言を聞いて、五馬鹿たちがドン引きした顔をしていた。

ユリウスなど首を横に振っている。

「これがシスコンという奴か」

「お前らにだけはそんな顔をされたくねーよ」

五馬鹿が何も思い付かないでいると、食堂にアンジェとリビアが入ってくる。

どうやら、俺たちの話を聞いていたようだ。

アンジェはヤレヤレという感じで俺を見ていた。

「もっと言葉を選ぶべきだったな」

リビアの方は、ちょっと怒っている。擬音がつけば〝プンプン〟と表示されそうだ。

「真面目にしてください、リオンさん！　——ルイーゼさんを助けるんですよね？　冗談も程々にしてください」

おや、みんな何か勘違いしているようだ。

「心配いらない。助けるまでは問題ないんだ。問題なのは、助けた後だよ」

俺の自信に、アンジェは腕を組む。

「お前がそれだけ言うなら、助けることは可能なのだろうな。しかし、そうなると本当に助けた後が問題だ。——下手をすれば、今回まとめた交渉が全て白紙になるぞ」

王国と共和国の間で、賠償に関する話がまとめられた。

俺がここで下手なことをすれば、その話が流れてしまう。

王国からすれば、憤慨ものだろう。

ちょっとだけ——あのローランドが苦しむならそれもいいかと思ったが、他の人たちにも迷惑がかかるので止めておく。

「ラウルト家は確実にこちらに取り込める。何とかならないかな？」

アンジェに助けを求めると、ユリウスが会話に加わってくる。

「共和国は聖樹絡みになると神経質になる。実際、俺たちはここに来てそれを見せつけられてきた。助けるのはいいが、共和国は絶対に黙っていないはずだ。ラウルト家が味方になろうが、分が悪すぎるぞ」

六大貴族の内、五家が敵に回るというのは王国にとっては大問題だ。

アンジェも難しい顔をしている。

「ノエルには利益もあるが、ルイーゼにはそれがない。お前が助けたい気持ちも分かるが、手を出せば戦争もあり得るぞ」

聖樹が求めた生け贄を、俺たちが横取りするのだ。

共和国だって抗議するだろうし、もしかすれば王国との間で戦争もあり得る。

そして、王国は王国で、俺の問題行動を責めるだろう。

助けたいけど助けられない。

何とも歯がゆい状況だ。

これだから立場があると面倒なのだ。

リビアも心配そうにしている。

「それに、ルイーゼさん本人がそれを望んでいないのも問題ですよ。リオンさん、それでも助けるんですか？　聖樹には弟さんの魂が取り込まれているんですよね？」

——きっと、ルイーゼさんは俺のことを恨むだろう。

だが、それがどうした？

「死んだ人間に引っ張られるなんて駄目だろ。悪いけど、リオン君にはもう少しだけ待ってもらうさ。それに、俺ってその話を疑っているんだよね」

残念なことに、俺は捻くれているので人の話を素直に信じられない。

子供の頃のような純粋な心を取り戻したいね。

アンジェが俺を見る目は、悲しそうだった。

「助けても恨まれるぞ」

「もう沢山の人間に恨まれているから、一人くらい増えてもいいよ。それに、恨まれるのには慣れているからさ。――な、お前ら！」

俺を恨んでいる五馬鹿に笑顔を向ければ、とても嫌そうな顔をしていた。

ユリウスは頬を引きつらせている。

「そうだな」

ジルクなど笑っているが、目は笑っていなかった。

「人の恨みを気にしない性格が羨ましいですね」

ブラッドは眉をピクピクと震わせている。

「君にボコボコにされた時の事は忘れないからね」

クリスは俺を見て呆れていた。

「バルトファルト、お前はそういうところだぞ。そういうところが外道なんだ」

グレッグは額に血管が浮き上がっている。

「お前は本当にいい性格をしているよな。――それで？　結局、救出後の問題は解決していないが、どうするんだ？」

俺は溜息を吐く。

「本当だよ。お前らもっと役に立つかと思ったのに、マジで使えないわ」

俺の素直な感想に、五馬鹿の視線が一層きつくなった。

ユリウスが俺を指さしてくる。

「お、お前という奴は！　自分だって良案が浮かばないだろうが！」

「俺は目標を決めて、実行する人。お前らは作戦を考えて手伝う人。だから、俺は悪くない」

ギャーギャーと騒いでいると、コーデリアさんがやって来る。

「リオン様、お客様です」

「俺に客？」

◇

共和国の大型飛行船。

全長は六百メートルの元豪華客船だが、今回のために武装が取り付けられている。

聖樹の梢に向かうその船には、沢山の護衛が付けられていた。

聖樹が生け贄を求めた記録はなく、共和国にとっても初めてのことだった。

そのため、何が起きるか分からない。

どんなことにも対処するために――六大貴族から代表者を出すことになった。

大型飛行船に乗り込むのは、次代を担うとされた若者たちだ。

そして、大型飛行船に乗り込むのは――。

ラウルト家からはセルジュが志願した。

「随分と派手だな。普通の軍艦の方がいいだろうに」

ドルイユ家からはユーグが兄のフェルナンに代わって志願している。

「お前は馬鹿か？　戦うために行くんじゃないぞ」

プレヴァン家からは、エミールが志願している。

「止めなよ。争っている場合じゃないよ」

そして、最年長はグランジュ家のナルシス――元学院の教師だ。

「そうだよ。これはある意味、歴史的な瞬間だ。――ルイーゼを犠牲にするからには、全てを記録して後世に残さなければならない」

学者気質のナルシスは、元生徒であるルイーゼを犠牲にすることに内心では反対しているようだった。

しかし、六大貴族の当主たちの決定には逆らえない。

逆に、元婚約者だったユーグの方は、どこか安堵した表情をしている。

「それにしても、フェーヴェル家が辞退するとか信じられねーな。兄さんは艦隊を引き連れて護衛についてくるのにさ」

六家の若者たちを乗せ、今回のことをその目で確認させる。

同時に、不測の事態が起きた際は犠牲になる面子でもあった。

そんな中、フェーヴェル家からは志願者がおらず、代わりに騎士や兵士が派遣されていた。

セルジュは、豪華な部屋の隅に座っている男に目を向ける。

「ロイク、加護なしのお前がバリエル家の代表か？　バリエル家も落ち目になったな」

挑発するが、ロイクの反応は鈍かった。

「——そうかもしれないな」

廃嫡され、加護を失ったロイクには貴族としての価値がない。

そんなロイクがこの場にいるのは、ルイーゼを生け贄として差し出す際の見張りに選ばれたからだ。

一番近くで何が起きるのかを見ることになり、下手をすれば巻き込まれる役割だ。

椅子に座って関わろうとしてこないロイクに、ユーグが厳しい視線を向けている。

前回、ノエルとの結婚式の際には、ユーグもロイクに味方していた。

そのせいで、ドルイユ家の立場は悪くなってしまった。

「お前のせいで俺も兄さんも酷い目に遭ったんだ。命懸けで償いが出来るだけ、ありがたいと思えよ」

周囲のロイクに向ける冷たい視線に、エミールが何とかしようとする。

「もう止めなよ。それにユーグ、君にも責任があるはずだ。ロイク一人のせいにするのは間違いだよ」

「はっ！　エミール、お前に説教されるとは思わなかったぜ」

仲が良いとは言えない五人。

ナルシスが、溜息を吐く。

「君たち、一番辛いのはルイーゼだと気が付いているのかい？　だったら、彼女の最後の一時を邪魔するようなことは控えるんだ」

ナルシスに諭され、ユーグがふて腐れながらソファーへと座る。

セルジュの方は、窓の外を見ていた。

「お前ら、準備しておけよ。――王国の外道騎士が来るぜ」

笑みを浮かべながらそんなことを言い出すセルジュに、他の四人も反応を示す。

ユーグもそれを不安視している。

「本当に来るのか？　ルイーゼ一人のために、国を相手にするのかよ？」

リオンの強さを間近で見ていたユーグは震えている。

口では来ないと言っているが、実は来る可能性に怯えているのだ。

それを見たセルジュが、ユーグをからかった。

「怖いのか？　あの程度の奴が？」

「あの程度だと？　お前、あいつの強さを知らないのか？　でかい口を叩くなら、あいつを倒してからにしろ！」

「あ～、倒してやるぜ」

セルジュの自信ある姿を見て、ロイクが口を開く。

「――セルジュ、お前はあいつに勝てると本気で思っているのか？」

「気持ちの悪い首輪野郎は黙っていろ。お前らが勝てないから、俺も勝てないなんて思うな。お前たちとは鍛え方が違うんだよ」

ナルシスの方は胃が痛いのか、手でお腹をさすっている。

「リオン君が来るのか。出来れば戦いたくないね。彼、素手で鎧を倒したんだよ」

セルジュはその話も知っているが、それでも自信を見せる。

「仕掛けがあるんだろ。ピエールが馬鹿だったから負けたのさ」

そんなセルジュに、普段と違って冷たい視線を向けるエミールが止めに入る。

「そこまでにしてくれないかな？　君の自慢話を聞くために、僕たちはここに集まったんじゃないよ」

「――けっ」

立ち上がったセルジュは、槍を持って部屋を出ていくのだった。

◇

生け贄となるルイーゼは、飛行船に乗る前に家族との別れを行っていた。

「――行ってきます」

母親は泣き崩れており、周囲の者たちに支えられている。

アルベルクの方は、ルイーゼに最後の確認をする。

「本当にいってしまうのか？　今ならまだ――」

「駄目よ。リオンが待っているわ」

ルイーゼは随分とやつれていた。

毎夜、リオンが苦しんでいる悪夢にうなされているためだ。

「ルイーゼ、お前は悪い子だよ。親よりも先に死ぬなど、許されないことだ」

「ごめんなさい。でも、私はリオンに会いたいの。――何も出来なかったけど、せめて側にいたいわ。それに、聖樹に取り込まれたら、お父様たちをリオンと二人で見守るわ」

アルベルクが何かを言いかけ、言葉を呑み込んだ。

周囲を他家の騎士や兵士たちが見張っており、迂闊なことは口に出せない。

ルイーゼの護衛の艦隊の指揮官には、フェルナンが選ばれていた。

「議長代理、お嬢さんは自分が責任を持って――」

その先を言う前に、アルベルクが冷たい視線を向ける。

「責任を持って？　責任を持って殺すのか？」

「議長代理！　話し合って決めたではありませんか！　聖樹に求められたなら、それはむしろ光栄なことだと！　お嬢さんの覚悟は決まっています。議長代理がここで止めても無駄ですよ」

アルベルクは俯く。

（光栄？　娘を犠牲にして、光栄だと？　どこまでも我々は、聖樹に縛られて生きているな）

聖樹が求めれば、何だって差し出す。

それが共和国である。

ルイーゼが、母親と抱き合っていた。

「お母様、行ってきます」

「ルイーゼ、どうして貴女まで――リオンだけじゃなく、貴女まで失わないといけないの」

泣いている母を慰めたルイーゼが、アルベルクの前にやって来る。

「お父様」

「――お前は自慢の娘だよ」

「ありがとうございます」

そして、ルイーゼが視線を周囲に向けて誰かを探していた。

アルベルクは、それが誰なのかすぐに気付いた。

「彼なら来ていない。代わりに伝言がある。〝ごめんなさい〟だ」

「ごめんなさい？」

どうしてごめんなさいなのか？　ルイーゼが困った顔をしていたので、アルベルクが詳しく説明する。

「お前を助けられなかったので、合わす顔がないのさ」

「――最後に会っておきたかったわね」

「彼に何か伝えておくことはあるか？」

「そうね――なら、言っておいて。楽しかったわ、って。彼に会えたおかげで、リオンの事を思い出せたわ」

アルベルクからしても、驚くほどに似ている部分が多かった。

他人とは思えないほどに、だ。

息子が成長すれば、こんな感じだったのだろうか？　そう思えるほどだ。

「伝えておこう」

フェルナンがルイーゼに出航の時間が近いと知らせる。

「行きましょうか」

ルイーゼは、飛行船に乗り込んでいく。

泣いている妻を抱き寄せるアルベルクは、去って行くルイーゼの姿を見て呟くのだ。

「すまないな、ルイーゼ。私を許してくれ」

それは娘を生け贄にしなければいけない父の後悔――などではなかった。

# 第08話 「空賊旗」

ルイーゼが大型飛行船に乗り込むと、出迎えたのはセルジュだった。

しげしげとルイーゼの姿を眺める。

「生け贄になるだけなのに、随分と気合の入った衣装だな」

ルイーゼの衣装は、神聖な聖樹への捧げ物として純白のドレスが用意された。

見ようによってはウェディングドレスにも見える。

「――何であんたがここにいるのよ？」

ルイーゼの驚きは、セルジュが出迎えたことではない。

セルジュが大型飛行船に乗り込んでいることだ。

下手をすれば巻き込まれる可能性もあるため、跡取りのセルジュがこの場にいるのはおかしい話だった。

槍を持ったセルジュは、これから戦場にでも向かいそうな恰好をしている。

「お前が逃げないか見張るためだ」

「本当に嫌な奴ね。私がここに来て逃げるとでも？」

「大好きな弟に会えるからか？」

馬鹿にした態度を見せるセルジュに対して、ルイーゼが右手を振り上げると、フェルナンが止めるために腕を掴む。

「二人とも止めないか。――セルジュ君も失礼だぞ」

フェルナンの仲裁により、ルイーゼはセルジュを無視して歩き去って行く。

護衛たちが付き従っており、フェルナンはそれを見て安堵した。

「私も後方から見守っている。何かあれば駆けつけよう」

そう言って去って行くフェルナンにしたいして、セルジュは意味ありげに言葉をかけた。

「戦う準備をしていろよ。フェルナン――王国の連中が来るぜ」

立ち止まったフェルナンが振り返る。

「――君も彼が来ると考えているようだね」

「そうだ。あいつは乗り込んでくるぜ」

それだけ言ってセルジュも移動する。

そして独り言を呟いた。

「さぁ、いつでも来い。お前の弱点は分かってんだよ」

◇

大型飛行船が出発すると、周囲には軍の飛行戦艦が護衛として付き添っていた。

後方にはフェルナンの率いる艦隊の姿が見える。

聖樹の頂上――梢を目指して上昇していく飛行船たち。

ルイーゼが控えている部屋の近くには、六家の代表であるセルジュたちが控えていた。

椅子に座っているセルジュは、武器の確認をしている。

それらは、イデアルが用意した武器だった。

ユーグが興味深そうに覗き込んでいる。

「珍しい武器だな。見つけてきたのか?」

セルジュが冒険者として活動しているのは、この場にいる全員が知っていた。

だから、ロストアイテムでも発見したのかと軽く考えている。

ナルシスもやって来て、テーブルの上に置かれた武器を見る。

セルジュに許可をもらい、槍を持たせてもらった。

「軽い!? この大きさでこの重さなのか?」

「軽いが頑丈だ」

槍の穂先は斬ることも可能になる形状をしており、セルジュが持っている拳銃の形も珍しい。

それらは、イデアルに用意させた武器だった。

「お前らの分も用意してある。好きに使え」

拳銃の一つを手に取ったユーグだが、リオンたちへの恐怖は消えていない。

「こんな武器で本当に倒せるのか? くそ! どうしてあいつが来るんだよ。普通は来ないだろうに！」

貴族であるユーグにしてみれば、リオンが無理をしてまでルイーゼを救出する理由がないため、本当に理解できずにいた。

ナルシスは、武器を手に取らない。

「私は彼らと一度ダンジョンに入ったが、とんでもない子たちだったよ。何をするのか分からない怖さがあった。いや、本当に野蛮だったね」

以前、リオンと一緒に探検したことのあるナルシスは、その時の事を思い出すと気が重くなるのだ。

「彼らは優秀だと思うよ。冒険者としても、戦士としてもね」

それを聞いたユーグは、怯えながらも強がる。

「だが、聖樹の加護の前には無力だ。気を付けるのはバルトファルト伯爵だけでいい。お前もそう思うだろ、ロイク？　お前が一番理解しているからな」

リオンに敗北したロイクへ嫌みを言うと、ユーグは拳銃をホルスターにしまい込む。

実家から持ち出した剣を持つロイクは、セルジュの用意した武器に手を出さなかった。

「そうだな」

リオンにさえ気を付ければいいと考えている四人に対し、エミールが気を引き締めるために注意をする。

「そのバルトファルト伯爵は守護者の紋章を持っているんだよ。みんな、気を抜くのは良くないよ。他の人たちにも気を付けるんだ」

ナルシスもその意見に賛同し、年長者として場をまとめる。

「そうだな。だが、彼らが攻めてくるとは考えにくい。何しろ、ルイーゼを救出したところで、彼らにメリットはないぞ」

周囲の視線がセルジュに集まる。

背もたれに体を預けるセルジュは、必ず来ると断言する。

「あいつは来る。その時に俺が相手をしてやるよ」

断言されたことで、ユーグが更に不安がる。

「来ない方がいいけどな。くそ、なんであいつは余計なことに首を突っ込んでくるんだよ。ルイーゼなんて、あいつには関係ないだろうが」

リオンの怖さを知るユーグに、セルジュは余裕を見せて安堵させる。

「怖がる必要はない。あいつが強いのは、飛行船と鎧だけだ。生身は普通程度だろ？　俺はこの中の誰よりも強いぜ。そうだろ、ロイク？」

ロイクはリオンに負けているが、セルジュには勝つ自信があった。

それは、日頃から鍛えているのも理由だが、セルジュにも自負があるからだ。

昔、死んだリオンと比べられるのが嫌で、自分の出来ることを頑張った。

だが、それを誰も認めてくれず、意固地になって今も冒険者を続けている。

血反吐（ちへど）を吐いても鍛え、死にそうになってもダンジョンに挑み続けた。

いくら冒険者の本場出身だろうと、負けるつもりはなかったのだ。

（ルイーゼの部屋は窓がない。どこにいるか特定できないなら、生身で乗り込んで捜すしかないよな？　――さぁ、ここまで来てみろよ）

イデアルから手に入れた防衛設備が、ルクシオンの邪魔をしてルイーゼの居場所を特定させなかった。

だから、リオンたちがルイーゼを助けるためには、大型飛行船に乗り込んでくるしかない。

そうなれば、鎧は使えない。

生身で戦える。

（名前も姿も同じ存在か――ぶっ殺すには、丁度いい奴が現れたな）

暗い笑みを浮かべるセルジュを、ユーグが怯えた目で見ていた。

そんなセルジュに、エミールが苦言を呈する。

「生身で戦えば勝てると思っているみたいだけど、彼らを甘く見すぎだよ」

「何だと？」

「ピエールの時も、ロイクの時も、みんな彼を侮って大変なことになったんだ。セルジュ、君だけは違うって言えるのか？」

「何も出来ない雑魚の癖に、粋がるんじゃねーよ！」

立ち上がったセルジュに突き飛ばされ、エミールは床に倒れた。

ナルシスが止めに入り、セルジュの行動を責める。

「セルジュ、いい加減にしないか！」

「そいつを見ているとイラ々するんだよ。ナヨナヨしてさ。——レリアも、お前なんかが幸せに出来るものかよ。さっさと別れた方がいいぜ」

レリアの名前を出され、エミールは歯を食いしばって俯いていた。

セルジュが更に煽ろうとすると——サイレンが鳴り響いた。

『て、敵襲！　敵襲！　上空より、空賊の飛行船が来るぞ！　全員、配置に——』

ブリッジからの慌ただしい声が聞こえてくると、すぐに飛行船が揺れる。

ナルシスやユーグは転び、セルジュは身を屈めていた。

ロイクが窓の外を見る。

「何が起きた？　それに、空賊だと？　聖樹に近いこの場所で、どうして空賊が——」

普段から聖樹の周辺は軍が警備しており、空賊など近付けない。

この場に空賊がいる方がおかしいのだ。

そして、聞こえてくるのは——。

『共和国の皆さ～ん。——遊びに来たよ』

——最初は明るく、しかし最後は低い声。

それはリオンの声だった。

ユーグが怯えた顔をする。

「き、来たぁぁ!!　奴が来たぁぁ!!」

リオンの声を聞いて動揺するのは、ユーグだけではない。

飛行船内にいる騎士や兵士たちまで、恐怖に顔を歪めていた。

リオンの声が更に聞こえてくる。

『どうして俺たちがここにいるのか、気になっているだろう。お前ら関係ないだろ、って言いたいよね？　だから、理由を教えてやろう。実は少し前にセルジュに殴られたんだ。ルイーゼさんの生け贄話で有耶無耶になっていたけど――最近、思い出したら腹立たしくなったから殴りに来た』

とんでもないことを言い出すリオンに、ナルシスが冷や汗を流している。

「無茶苦茶だ。そんな理由で乗り込んできたのか!?」

まるでナルシスの声が聞こえていたかのように、リオンが続けて話をする。

『きっと君たちはそんなことで？　と思うだろう。俺も他人がそんなことを言えば、きっと馬鹿にする。しかし、だ――ぶっ飛ばしてスッキリしないと、枕を高くして眠れねーんだよ！　じゃ――遊ぼうか』

放送がぶつりと切れてしまった。

◇

話は数日前にさかのぼる。

ルイーゼさん救出を考える俺のもとを訪れたのは、共和国との交渉をまとめるために派遣された人物だった。

マリエの屋敷の玄関でその人に会い、俺は感動で声が震える。

「し、師匠ぉぉぉ！」

「久しぶりですね、ミスタリオン。活躍していると聞き及んでいますよ」

「ど、どどど、どうしてこちらに!?　あ、それよりも中へ！　さぁ!!」

スーツを着こなした紳士な師匠を部屋へと案内した俺は、取っておきの茶葉を用意して慎重にお茶を淹れた。

師匠は現在、ホルファート王国にある学園の学園長に就任している。

休暇だからと共和国にいるような人ではない。

だが、今回は共和国に派遣されてきた。理由は――交渉役として、だ。

「し、師匠。どうしてこちらにいらしたのですか？」

帰る前にミスタリオンの顔を見ておきたかったのですよ」

俺のためにわざわざ立ち寄ってくれるとか――本来なら俺の方から挨拶に向かわねばならないのに。

師匠は部屋にいる俺たちを見て、笑顔を見せてくる。

「皆さん元気そうで安心しましたよ」

俺は五馬鹿を見ながら肩をすくめた。

「元気が有り余っている連中です。もう少し、大人しくして欲しいですけどね」

そんなことを言ったら、全員がイラッとしたのか俺を睨んできた。

俺は師匠の仕事について話をする。

「師匠、共和国との交渉をうまくまとめたと聞きましたよ。流石ですね！」

「何とか陛下の希望に添う形でまとまりましたよ」

溜息を吐いたアンジェが、師匠に尋ねる。

「学園長が交渉役というのも不自然な話ですね」

「手の空いている者が少ないのでしょうね。本来なら、他の者が派遣されていたはずです」

大仕事を終えた師匠。しかし、俺は申し訳ない気持ちになった。

「師匠、そのことで少しご迷惑を――いえ、きっとご迷惑をかけることになるかと」

「おや、何か問題でも？」

俺はアンジェに代わって事情を話すことにした。

「実は――」

ルイーゼさんを救出したいという話をすると、師匠は真剣な表情で俺を見つめてきた。

「ミスタリオン、自分が何をしようとしているのか理解していますか？」

俺がルイーゼさんを助ければ、きっと大きな問題になる。

本人も望まないだろうし、きっと俺を恨む。

もっと理由を付けるなら、ルイーゼさんを失って自暴自棄になったアルベルクさんがラスボスになるのを防ぐ意味合いもある。

そして、これが一番重要だ。

――俺がルイーゼさんを助けたいからだ。

「理解しているつもりです。きっと、ご迷惑をおかけすると思いますけどね」

「――ミスタリオンには、今更何を言っても無意味でしょう。ミスタリオンがやると言えば、やるのですから」

師匠が頷くと、話を聞いていたユリウスが俺たちの会話に割り込んできた。

は？　お前、なんで俺と師匠の会話に割り込むの？

「学園長、よろしいのですか？　バルトファルトが動けば、せっかくまとまった交渉が白紙になります。最悪、戦争にだって」

師匠が背筋を伸ばし、堂々としていた。

「構いません。そもそも、ミスタリオンが決めたことです。私には止められない。止めるだけの力がない」

「師匠」

師匠に迷惑をかけるのが心苦しい。――ローランド？　あいつにはいくらでも迷惑をかけてやりたいので、どうでもいい。

「しかし、生け贄に選ばれたお嬢さんを救う、ですか。騎士として憧れの場面ですね」

アンジェが腕を組み、師匠に呆れていた。

「おとぎ話に出てくるような話ですが、現実はいつも非情です。助けた後が問題ですよ。学園長は、それでもリオンを止めないのですか？」

「元々私は事後処理で派遣されてきましたからね。――それに、弟子が困っていれば助けるのも師匠の務めでしょう」

か、かっこいい。

俺の師匠がかっこいいぞ！

感動していると、師匠が俺の背中を押してくれた。

「出来るだけ被害は少なく出来ますか？」

「可能な限りはやってみます」

「よろしい。それでは、その後の交渉は私が行いましょう」

「あ、ありがとうございます！」

これで憂いはなくなったと思っていると、話を聞いていたノエルが手を挙げた。

部屋にいる全員の視線が集まる中、ノエルが発言する。

「あ、あたしも行く」

「ノエルが？　いや、お前は――」

「ルイーゼに文句を言ってやりたい！」

いきなり何を言い出すのかと皆が驚いていると、師匠がアゴを撫でていた。

「ふむ、何やら因縁がある様子ですね」

「因縁って程じゃない。けど、ルイーゼには、色々と迷惑もかけられたし。でも、恩もあるから。だから――あたしはルイーゼを助けて、文句を言ってやりたいの」

ルイーゼを助けたいなら、素直にそう言えばいいのだ。

「ノエルは素直じゃないな」

俺がそうこぼせば、ルクシオンが一つ目を驚いたように向けてきた。

『マスターが言う台詞ではありませんね』

「え？　――え？」

部屋にいる全員を一瞥すると「一番素直じゃないのはお前だろ」みたいな視線を向けられていた。

俺ほど素直な人間はいないと思うのだが？

◇

――そんなわけで、俺たちは後顧の憂いなく共和国に喧嘩を売ったわけだ。

今回、アインホルンは空賊旗を掲げている。

つまり、今の俺たちは空賊である。

大型飛行船に向かって、アインホルンが真上から突撃していく。

俺は、アロガンツに乗り込みながら指示を出していた。

「お前ら、気合を入れろ！」

アインホルンの周囲を飛んでいるのは、ルクシオンが急造した鎧たちだ。

乗り込んでいるのは、ユリウスたち五馬鹿である。

それぞれ、特徴ある機体に仕上がっていた。

白い騎士のような鎧に乗り込むのは、ユリウスだ。

『空賊として姫をさらうとは思いもしなかったぞ』

緑色のカラーリングの鎧は、大きなライフルを所持していた。

乗り込んでいるのはジルクだ。

『バルトファルト伯爵は空賊が似合いますね』

本当に嫌みな奴だ。

紫色でとんがり帽子の頭部を持つ鎧は、ブラッドが乗り込んでいた。

鎧の性能に驚愕している。

『この鎧、本当に急造なの？　僕が乗っていた鎧よりも高性能だよ。こんなの、普通の鎧じゃ勝てないって。アロガンツもこれだけの性能があるなら、勝てないはずだよ！』

コックピットの中では、ルクシオンがヤレヤレという感じで説明をしていた。

『アロガンツは私がマスターのために特別に用意した機体です。急造の機体とは性能が違いますよ。――ですが、急造だろうと扱いには注意してください。壊したら許しませんよ』

どの鎧も一般的な鎧よりも大型だ。

アロガンツよりは小さいけどね。

赤い鎧に乗り込むグレッグは、近付いてきた大型戦艦へ乗り込む準備に入った。

『お前ら、そろそろだぜ！』

青い機体――大剣を持つ鎧が、目の前に迫ってくる共和国の鎧を斬り裂く。

『乗り込むぞ！』

割とまともに聞こえる後半二人だが、実はコックピットの中はほとんど裸だ。

パンイチスタイルと、ふんどし姿である。

コックピットの中で、男の裸の上半身を見せられている俺の気持ちにもなって欲しい。

『マスター、ルイーゼの居場所が特定できません。イデアルが用意した防衛設備にジャミングを受けています』

「乗り込んで直接連れ去る。お前の方も頼むぞ」

『お任せください。——接触します』

「全員、乗り込め！」

鎧に乗り込んだ俺たちは、大型飛行船に突撃する。

アインホルンの方は、大型飛行船を沈めない程度に体当たりを行った。

二隻の飛行船がぶつかり、金属が擦れる嫌な音が聞こえてくる。

衝突により激しい火花が飛び散った。

そして、大型飛行船が動きを止めた。

「これ以上は行かせねーよ！」

アロガンツのコックピットから飛び降りる俺は、機関銃を手に持っていた。

飛行船の甲板に降り立った俺は、入り口を探す。

「あそこか」

元は豪華客船だ。甲板は広いが、戦うために建造されていないので隙が多い。

内部へ入るため入り口を目指すと、そこから武装した兵士たちがやって来る。

「き、来たぞ！」

「撃ち殺せ！」

兵士二人が発砲してくるので、非殺傷のゴム弾——当たった場合、無茶苦茶痛い弾を撃ち込んでやった。

倒れた二人がもがき苦しむが、無視して先へと進む。

『マスター、私の方はこれで』

「行ってこい」

飛び去るルクシオンを見送り、俺は船内へと入るのだった。

◇

アインホルンが大型飛行船に体当たりをした。

それを遠くから見ていたのは、フェルナンだ。

飛行戦艦のブリッジから、その光景を見て唖然とする。

「ば、馬鹿な！　どうして彼がここにいる！　何故、手を出してくるんだ！」

貴族であるフェルナンには理解できなかった。

部下たちが指示を求めてくるが、その表情は明らかに狼狽(うろた)えている。

共和国を何度も恐怖させてきたリオンが相手と知り、怯えているのだ。

「フェルナン様！　我々はどうすれば！」

「ど、どうすればだと!?　守るに決まっているだろうが！」

生け贄であるルイーゼを守るために、アインホルンに向かって攻撃を命令する。

しかし、部下たちが怯えて動かない。

「し、しかし。敵は外道騎士ですよ！　わ、我々では太刀打ちできません。そ、それに、相手は守護者の紋章を持っています！」

目に見えて士気が低く、フェルナンでもどうすることも出来なかった。

すると、リオンから通信が入る。

『あれれ？　共和国の皆さんは攻撃してこないのかな～？　空賊旗を掲げているのに、スルーするとか――もしかして、怖いのかな～？』

フェルナンは部下に怒鳴りつける。

「通信を切れ！」

「わ、割り込まれているんです！　どうすることも出来ません！」

「こちらを煽っているのか」

フェルナンの美しい顔が歪むと、リオンは笑っていた。

『何だ。もっと苦労すると思っていたけど、割と楽だったな。――ま、女の子一人を犠牲にするような国だし、期待なんてしていなかったけどさ』

時折、銃声が聞こえてきている。

どうやら、リオンは船内に乗り込んで戦っているようだ。

「君は分かっているのか!?　こんなことをすれば、ただでは――」

「フェルナン様、相手には聞こえていないかと」

「くそっ！」

こちらの声が聞こえないのに、相手からの声だけは届いている。

他の飛行船に命令しようにも、通信が使えずに苦労していた。

リオンが先程とは違い、真面目な話を開始する。

『――お前らに言っておく。気に入らないからぶっ潰しに来た。嫌なら、俺を倒してみろ。お前らに出来るならね』

フェルナンが机に拳を振り下ろし、リオンに対して怒りをぶつける。

「我々が好きで生け贄を差し出しているとでも思っているのか!?　これというのも、お前が我々を追い詰めたから」

通常の共和国であれば、ルイーゼの生け贄の話はもっと慎重に議論しただろう。

しかし、リオンという外国の脅威を見せられた後では、聖樹にまで見放されてしまえば共和国は滅んでしまう。

ろくに議論もせずに、生け贄に差し出すのもこのためだ。

リオンの存在が、ルイーゼの犠牲に大きく関わっていた。

◇

リオンたちが戦いはじめた頃。

地上では、イデアルから報告を受けたレリアが驚いていた。

昼食中だったのだが、持っていたスプーンを落としてしまう。

「あ、あいつら、本当にルイーゼを助けるために乗り込んだの!?」

『はい。その中には、レリア様の姉上もおられますよ』

「あ、姉貴まで連れ出したの!? あいつら、本当に何を考えているのよ!」

(まずい。ルイーゼはどうでもいいけど、姉貴にもしものことがあれば――いえ、待って？ そうよ。今更、聖樹にこだわる必要なんてないわ)

レリアの瞳はイデアルを見ていた。

(イデアルがいれば、私の安全は保障される。その気になれば、イデアルを使って共和国だって再建できる。いえ、新しい国だって建国できるわ)

ルクシオンはともかく、イデアルに勝てるような勢力がいるとは思えなかった。

リオンたちとは同盟でも結び、互いに不干渉を貫けばいい。

レリアは考えを改めると、落ち着きを取り戻して新しいスプーンで食事を再開した。

『おや？　急に落ち着かれましたね』

「気付いたのよ。聖樹なんてこだわらなくてもいいってね」

『――それはどういう意味でしょうか？』

「イデアルがいれば、別に聖樹なんて必要ないわ。そうでしょ？」

イデアルが肯定して、この会話は終わる。

そう思っていたレリアだったが、イデアルの反応がおかしかった。

『それは認められません。聖樹は防衛対象です。今後の共和国にとって必要不可欠な存在ですよ』

「え、でも」

『そもそも、共和国は聖樹があってはじめて存在している国です。聖樹を失えば、大変なことになりますよ』

「あ、あんたがいれば」

『否定はしませんが、聖樹を失うのは大きな損失です。安易に考えないでいただきたい』

普段よりも強い口調で言われては、レリアも言い返せなかった。

「わ、分かったわよ」

『ご理解くださりありがとうございます』

レリアは食事をしながら、今後のことを考える。

（なら、結局は姉貴中心にこれからも物事が進むのね。ま、この世界の主人公様だから仕方ないか。

――それより、セルジュは大丈夫かしら？　あいつら、やり過ぎるからな）

「イデアル――セルジュが危なくなったら助けてくれる?」

『それはもちろんです。しかし、よろしいのですか?』

「何が?」

『エミール様のお名前が出なかったものですから、気になったのです』

レリアは自分の中で、エミールよりもセルジュの方が大きな存在になったことを知る。

「――エミールも助けておいて」

『了解しました』

そして、レリアは天井を見上げた。

(みんなが戻ってきたら、今後のことも考えないと駄目ね。とりあえず、エミールとの婚約は解消しようかしら)

◇

一方。

マリエの屋敷に残ったのは、学園長とコーデリア――そして、ユメリアの三人だった。

学園長が紅茶を楽しんでいると、コーデリアが話しかけてくる。

「学園長、よろしかったのですか?」

「よろしかったのか、とは?」

「気が付いているはずです。リオン様が共和国に対して行動を起こせば、大きな問題になります。下手をすれば、本人は処刑されてしまいますよ」

勝手に他国に喧嘩を売り、関係を悪化させればリオンの立場が悪くなる。

しかし、学園長は窓の外を見ていた。

「不思議な青年です」

「学園長？」

学園長が何を言い出すのかと、コーデリアは困惑する。

「あの、私が言いたいのは――」

「心配されているのでしょう？　ミスタリオンは愛されていますね」

「ち、違います！　アンジェリカ様まで戦場に連れて行くような輩(やから)ですよ!?　わ、私は腹立たしいのです！　アンジェリカ様が選んだ殿方ならば、もっと慎重に行動して欲しいと思うのは当然ですよ」

「それが最適なのでしょうね。しかし、正しいとは言えないかもしれません」

「最適でも正しくないと？」

ここでルイーゼを助けるのは人として正しいが、貴族としては間違いである。

他国の問題にリオンが口を出す権利はない。

本来ならば見ているしか出来ないのだ。

「騎士道精神あふれる行為です。ただ、私はそれを褒めているのではありません。ミスタリオンには、我々には見えていない景色が見えている――そう思える時があります」

「我々には見えない景色？」

「ミスタリオンは我々とは違った視点を持っています。それが正しいとは言いませんが、彼は長く積み重なった問題を解決してくれました」

「旧ファンオース公国の件ですね？　私も英雄に相応しい活躍だとは思いますが、普段の態度がだらしなさすぎます」

「いえいえ、それだけではありませんよ。王国は彼に何度も救われているのです。――で、あれば、私が彼に手を貸すのは償いですね。いえ、借りを返す、と言った方がいい」

コーデリアが口を閉じていると、学園長が微笑む。

「色々と言いましたが、結局のところ――私はミスタリオンがこの先どうなるのかを見たいだけかもしれませんね」

そう言って笑う学園長を見て、コーデリアは不安になるのだった。

「もっと真剣に考えてください」

# 第09話 「攻略対象VS攻略対象」

大型飛行船の中。

ルイーゼは、揺れる船内で自分の体を抱きしめていた。

「どうして放っておいてくれないのよ。私は――弟の側に行きたいだけなのに」

リオンが乗り込んできた。まさか、こんなことをしでかすとは思ってもいなかったのだ。

ルイーゼの世話をする侍女たちが、怯えながらも武器を持つ。

すると、ドアが開き、セルジュが現れる。

その姿に侍女たちが安堵した表情を浮かべるが、ルイーゼからすれば見たくない顔が現れただけだ。

「何の用なの？　顔も見たくないから出ていって」

「寂しいことを言うなよ。守ってやるんだからよ」

「あんたが？」

セルジュが自分を守ると言いだし、何かの間違いではないかと怪しむ。

すると、セルジュが醜い笑みを浮かべた。

「お前の前で、弟にソックリな男をぶっ潰してやるよ。さぞ面白いだろうと思ってね」

ルイーゼは、リオンが倒される場面を思い浮かべるとゾッとした。

「あ、あんた、本当に最低よ。だから嫌いなのよ」

セルジュの顔から表情が消えた。

「そうかよ。ま、どうでもいい。奴らの狙いはお前だ。俺はここで待たせてもらうぜ」

「他のみんなはどうしたのよ？」

お前よりも他の人間を呼べという意味を込めたが、セルジュ以外は出払っていた。

「手勢を引き連れて乗り込んだ連中に挨拶に行った。ま、雑魚の相手はあいつらに任せるさ」

椅子に座ってくつろぐセルジュを見て、ルイーゼはリオンの身を案じるのだった。

(リオン君、お願いだからもう構わないで。お願いだから、危ないことはしないで)

◇

「あ、てめぇは！」

「ひ、ひぃぃぃぃ！」

攻撃してきた連中を返り討ちにした俺は、転がっている一人の兵士に見覚えがあった。

共和国に来た際に、臨検（りんけん）すると言ってアインホルンに乗り込んできた男だ。

その際には随分と上から目線で馬鹿にしてくれた。

そんな男をゴム弾で痛めつけ、転がっているところに近付いて踏みつけてやる。

「お前に会いたかったんだよ。あの時のお礼をしたくってさぁぁぁ!!」

「い、いやぁぁぁ!! 誰か助けてぇぇぇ!!」

「あれれ? 前は大尉だったのに、今は少尉なのぉ? どうして降格しちゃったのかな～。俺に教えてよ～」

銃口を向けてやると、泡を吹いて気絶してしまった。

「これからだったのに。ま、いいか。俺も忙しいし、構っている暇はないし」

独り言を呟いているが、普段ならここでルクシオンが『なら、どうして脅したのですか? 時間の無駄ですよ』などと絡んできたはずだ。

くっ! あいつの皮肉と嫌みがないと、妙に寂しく感じる。

「さて、ルイーゼさんを捜さないといけないが、それよりもあいつらは無事かな? 殺しても死なないような連中だけどさ」

一緒に突入した五馬鹿は無事だろうか?

◇

「行くぞ、おらぁぁぁ!」

機関銃を持ったグレッグが、勇敢(ゆうかん)に戦っていた。

連なった弾丸を肩にかけている。

襲いかかってくる共和国の騎士や兵士を倒していく姿は、本当に頼りになる。

しかし、ジルクは非常に冷めた目をしていた。

合流したので一緒に行動をしているが、グレッグの姿はほとんど裸だった。

「グレッグ君、君はその恰好が恥ずかしくないのですか？」

ジルクはスコープのついたスナイパーライフルを持っているのだが、前に出るグレッグのせいでその尻が見えること数回。

引き金を引きたくて仕方がなかった。

「すまないな。俺もちょっと恥ずかしいぜ」

「だったら服を着てくださいよ」

グレッグにも少しは常識が残っているのかと、ジルクは安心しかけていた。

だが、グレッグは手遅れだった。

「背中の筋肉が足りないからな。そこはちょっと恥ずかしいんだよ」

ジルクは言葉を失った。

（こ、こいつ、裸はどうでも良くて、筋肉が少ないから恥ずかしいと思っていたのか？　本物の馬鹿か!?）

ジルクは天を仰ぎ、そしてここにはいない他のメンバーを考える。

（せめてクリス君は――駄目ですね。ブラッド君共々、まともとは言い難い。殿下と行動できれば良かったのですが、本当にどうしてこんなことに）

グレッグが、敵がいなくなったので先へと進もうとする。

「おい、ジルク。いつまで上を見ているんだ？　もっとしっかりしろよ。ここは戦場だぜ？　まったく、これだから常識のない奴は駄目なんだ」

ジルクは銃の引き金に指をかける。

（こいつを後ろから撃っても許されるのではないだろうか？）

◇

その頃、クリスはブラッドと合流していた。

ふんどし姿で木刀を振るい、敵を次々に打ち倒していく。

敵兵士が叫ぶ。

「くっ！　変な恰好をしているのに強いぞ！」

「変な恰好ではない！」

ふんどしを馬鹿にされたクリスが、木刀を振り下ろして敵兵士の意識を刈り取る。

その頃、ブラッドは後方からゆっくりと歩いてきた。

その後ろには派手な鎧を着た一団が、楽団まで引き連れて押し寄せてくる。

それを見た共和国の兵士たちが、勝てないと思ったのか撤退していく。

「て、敵の数が多い！　応援を呼べ！」

「こいつらが本隊かよ！」

「ちくしょう！　王国の野蛮人共が！」

逃げていく敵を見て、ブラッドは溜息を吐くのだった。

その瞬間に、後ろに見えていた兵士たちが消える。

「これからが僕の出番だったのに、こらえ性のない客たちだ。あ、クリスは露払い（つゆはら）ご苦労」

余裕を見せているブラッドに、クリスが木刀を振り下ろして頭を叩いた。

「痛い！　な、何をするんだ！」

「私一人に戦わせないで、自分も戦ったらどうだ？」

ブラッドは「分かっていないな～」と言いながら首を横に振る。

「主役は遅れて登場するものさ」

「――お前、主役だったのか？　どう考えても、主役はバルトファルトだぞ。乗り込むと言い出したのはあいつだし、助ける相手もあいつの知り合いだ。ブラッド、お前は脇役にしか見えないが？」

クリスに脇役扱いを受けたブラッドは、頬を引きつらせていた。

「ぼ、僕は、僕という物語の主役さ。だから、常に僕が主役なのさ」

「そうか、良かったな。ほら、さっさと先に進むぞ。敵が援軍を連れて戻ってきたら面倒だからな」

「あ、待ってよ！」

先に進んでしまうクリスをブラッドが追いかけていく。

◇

「くっ！　俺だけ船の守りで残されるとは思わなかった」

コックピットの中で愚痴るのは、アインホルンを守っているユリウスだった。

皆が船内に突入したというのに、自分一人が護衛として外にいる。

自分もみんなと一緒に戦いたかったと、悔しい気持ちでいた。

『ユリウス、しっかり守ってよ！』

アインホルンのブリッジからは、マリエがユリウスに声をかけていた。

他にはアンジェリカ、オリヴィア、ノエルの姿もある。

カイルやカーラも乗り込み、いつもの面々が揃っていた。

「——ふっ、マリエを守る大役を任されたと思えば、悔しくもなくなるな」

先程まで文句を言っていたユリウスだったが、今はやる気を見せる。

「それに、敵も来たか」

アインホルンに向かってくるのは、バリエル家の家紋を持った鎧だった。

他には武装した生身の兵士たちもいて、アインホルンに乗り込もうとしている。

「いかせるか！」

ユリウスが威嚇射撃を行い、兵士たちを足止めすると敵の鎧が襲いかかってきた。

それを空中で避け、ユリウスの鎧が剣を抜く。

近付いてきた敵鎧の足に斬りつけると、簡単に切断してしまった。

敵はバランスを崩して、自分の船にぶつかって止まる。

「何という性能だ。バルトファルトの奴、これだけの力を持っていたのか」

以前、リオンと決闘したことのあるユリウスは、自分がこんな性能の鎧に戦いを挑んでいたと知り怖くなる。

同時に、リオンが——本当に手加減をしていたのだと気が付き、何とも言えない気分になった。

腹立たしくもあるが、不器用ながら本当に命を取らないように気を遣っていたのだろう。

あの図々しいリオンが、自分たちに気を遣っていたと思えば可笑しくなる。

「こんな性能の鎧を借りて、役目を果たせなければバルトファルトに笑われてしまうな。それだけは本当に嫌だな」

リオンが自分を嘲笑っている姿を想像し、ユリウスも気合が入った。

向かってきたもう一機の鎧の腕を斬り飛ばし、戦闘不能に追い込むと兵士たちに向かって叫ぶ。

「命が惜しくない者からかかってこい！」

すると、もう一機——鎧が出てくる。

『だったら、俺の相手をしてもらおうか』

声の主はロイクだった。

ユリウスに向かって突撃してくる。

それを見て、ユリウスは咄嗟に避けた。

「こいつ捨て身か!?」

ロイクの攻撃など恐れることはないが、問題なのは捨て身だったことだ。

命を捨てるような覚悟で向かってきており、出来る限り敵の命は奪わないという方針のユリウスたちにとっては、厄介な相手だった。

ロイクは自暴自棄になっている。

『お前の声は聞いたことがある。確か、王国の王子だったな？』

「それがどうした？」

『いや——ただ、そう思っただけだ。ルイーゼが欲しかったら、俺を殺してからにするんだな！』

「ちっ！」

倒すだけなら簡単だが、下手にやり返せばロイクが死んでしまう。

そのため、ユリウスは苦戦を強いられるのだった。

◇

船内。

ドルイユ家の騎士や兵士たちを率いたユーグが叫んでいた。

「お前ら、さっさと倒せよ！」

「や、やっています！　ですが——て、敵が強くて」

ユーグが相手をしているのは、グレッグとジルクだった。

裸に機関銃を持ったグレッグが、曲がり角でジルクと相談をしている。

「ジルク、援護を頼むぜ」

「裸で突撃するとか馬鹿ですか？」

辛辣なジルクに、グレッグはパンツから取り出した端末を見せるのだった。

「こいつがあれば、生身だろうと実弾を防いでくれるそうだ。ルクシオンが言っていた」

「――どこから取り出しているんですか？　それから、近付けないでください」

端末をパンツの中にしまうグレッグは、機関銃を腰の位置で構える。

「ジルク、後ろは任せるぞ！　おらぁぁぁ！」

飛び出して機関銃の引き金を引くグレッグに、敵は大混乱に陥る。

「何で裸なんだ！」

「だ、駄目だ。こいつ、弾丸が通じないぞ！」

「ならば魔法で――ぶべっ！」

魔法を使おうとした騎士に対して、ジルクが後ろから狙撃していた。

非殺傷のゴム弾に倒されていく味方を見て、ユーグが右手を掲げた。

「お前ら王国の野蛮な猿が、俺たちに勝てると本気で――」

「せいっ！」

しかし、グレッグもこれまでの経験から、聖樹の加護が危険だということは察している。

察しているため、その対策も練っていた。

グレッグの跳び蹴りを受けて、ユーグが後ろに吹き飛んだ。

「こ、この――」

立ち上がろうとするユーグに、グレッグは銃口を向ける。

「チェックメイトだ。お前らが聖樹の力を使うなら、その前に倒せばいい。それだけのことだぜ」

いかにも弱点を見つけてやったぜ！　みたいな態度で話しているが、ただの力業である。

ジルクが近付いてくると、拳銃を取り出して――そのままユーグを撃った。

「いっだぁぁぁぁぁぁ!!」

顔を押さえてもがくユーグを見て、ジルクは手錠を取り出した。

「何を得意になっているんです？　最初から撃てば良いでしょうに。ほら、拘束しますよ」

ルクシオンが用意した拘束具であり、簡単には破壊できない。

六大貴族の紋章を持っていようとも、抜け出せない代物だ。

ユーグは二人に拘束されると、顔を赤く腫らしながら抗議してきた。

「ふざけるなよ、お前ら。お前らがやっている事は、何も考えていない阿呆のやることだ。ルイーゼを助けるつもりか知らないが、あいつを助けたら共和国は必ず復讐してやる。お前らの顔は覚えたぞ。絶対に許さないからな」

グレッグとジルクが顔を見合わせると、笑っていた。

「だってよ。でも、バルトファルトは何も考えていなかったよな？」

「彼は馬鹿ですからね。いい意味でも、悪い意味でも馬鹿です。その彼に、今後の話をされてもね」

二人はそのままユーグを放置して、先へと進んでいくのだった。

「お、おい、待てよ！　俺をこのまま放置していくつもりか!?　お、俺は六大貴族のユーグだぞ！」

グレッグが振り返る。

「知るかよ。自己紹介なら、あとでゆっくり聞いてやる。ちなみに、俺の名前はグレッグだ」

ジルクも自己紹介をしながら、手を振っていた。

「私はジルクです。今度一緒にお茶でもしましょう」

ユーグは二人の反応を見て、言葉が出てこなかった。

「え、え〜？」

◇

俺が敵を倒して通路を進んでいると、一人の青年が立っていた。

銃を構えると、青年は苦笑いをしながら両手を挙げる。

「降参です」

「――随分とあっさり負けを認めるな。何か企んでいるのか？」

相手はエミールだった。

何度も顔を合わせているが、こうして話をするのは初めてだった。

エミールは、照れているのか指で頬をかく。

「僕は怖いのや痛いのは苦手ですから。プレヴァン家の騎士と兵士は下がらせました。それから、この先にルイーゼさんがいますよ」

嘘をついている気配はない。

銃口を下げて警戒しながらもエミールの横を通り過ぎようとすると、話しかけられた。

「ラウルト家の騎士と兵士たちが見当たりません。外にいる飛行船も、ラウルト家の物だけが鎧を出撃させていない。――もしかして、手を組んでいますか？」

立ち止まってエミールを見れば、笑顔を見せていた。

俺の顔を見て、当たっていたと判断したのか嬉しそうにしている。

「やっぱり！　襲撃のタイミングや、配置なども気になったんですよ。これ、情報を提供している人間がいるな、って」

ラウルト家に協力してもらっているのは事実だ。

快（こころよ）く協力してくれたよ。

「敵の前でペラペラ喋らない方がいいぞ。消されても知らないからな」

「貴方はそんなことをしませんよ。それより、この先にはセルジュがいます。彼は本当に強いですよ」

「そいつは楽しみだ！　自分が強いと思っている奴を叩きのめす瞬間が、俺は最高にスカッとする！

――ま、セルジュはおまけだ。助けたいのはルイーゼさんだからな」

そのまま先へと進むと、ルイーゼさんがいると思われる扉が見えて来た。

◇

ルイーゼの部屋では、セルジュが立ち上がって体を動かしていた。

ルイーゼの周りにいる侍女たちは、戦闘で船が揺れる度に怯えて悲鳴を上げていた。

船内放送では、次々に突破されたという知らせが報じられており、敵がすぐ近くまで来ているのを嫌でも理解させられる。

泣いている侍女もいる中、ドアの向こうから足音が聞こえてくる。

セルジュは拳銃を手に取ると——。

「お前らは手を出すな」

——そう言って、引き金を引いてドアに全弾撃ち込んだ。

発砲音が響き、薬莢(やっきょう)が床に落ちる。

銃口から煙を出す拳銃を放り投げると、セルジュが槍を構えた。

「出てこいよ」

穴だらけになったドアを蹴破り、一人の青年が入ってくる。

その手には機関銃が握られていた。

「遊びに来てやったぜ」

笑みを浮かべているリオンはそう言うと、セルジュに銃口を向けて発砲する。

連続で発射される銃が一般的ではない共和国の人間にしてみれば、機関銃など脅威だった。

しかし、セルジュは右手を前に出すと魔法でシールドを展開し、弾丸を全て弾(はじ)いた。

弾かれたゴム弾が、床に転がる。

それを見て、セルジュはガッカリした。

「お前も甘ちゃんかよ。せめて実弾を用意しろよ。本気のお前を潰してやりたかったのに」

相手を殺す気のない攻撃に、セルジュは落胆した。

リオンは機関銃を放り投げると、剣を抜いて片手で構える。

「奇遇だな。俺も気に入らない奴を叩き潰すのが大好きだ！　そして俺は、お前のことが会った時から気に入らなかったんだよ！」

まるで悪役のような台詞を口にするリオンが、セルジュへと斬りかかった。

リオンの剣を槍で受け止めるセルジュが、口角を上げる。

「一撃が軽いぞ。王国の人間は生身なら強いんじゃなかったのか——よっ！」

セルジュが前蹴りを放つと、リオンがくの字に折れ曲がって吹き飛んだ。

床を転がりながら受け身を取って立ち上がるリオンは、口元を拭っている。

セルジュはリオンの実力を大体予想できてしまった。

「多少は出来るみたいだが、お前じゃ俺に勝てねーよ」

リオンの表情が歪む。

◇

一方。

兵士を率いたナルシスのところにも、クリスとブラッドがやって来ていた。

ブラッドが銃口を向けると、ナルシスが両手を挙げて降参する。

「あれ？　やる気がないね」

ブラッドが不思議そうにしていれば、ナルシスが本音をこぼすのだった。

「正直、知り合いで元生徒のルイーゼを犠牲にしたくはないからね。君たちが奪いに来てくれて、心のどこかでホッとしているよ」

ブラッドは、ナルシスの話を聞いて銃を下ろした。

「六大貴族にもまともな奴がいるんだね。安心したよ。みんなピエールみたいな奴らかと思っていたし」

「――ピエールは例外だ。それより、ここから先に進むなら気を付けた方がいい」

ナルシスの忠告に反応するのは、クリスだった。

「私たちが後れを取ると？」

「君たちが強いのは知っている。だが、君たちはセルジュの恐ろしさを知らない」

「恐ろしさ？」

以前、ナルシスはリオンたちとダンジョンに挑んだ。

その際に、リオンたちの強さも見ているが、それでもセルジュは別格だと考えている。

「セルジュは本当に強いんだ。数年前――聖樹の加護を使わずに、素手でモンスターを倒したことがある。小型じゃない。二メートルはある大きな奴だ」

数年前と言えば、十五歳くらいだろう。

その頃に素手でモンスターを倒したとなれば、確かに危険かもしれない。

だが、ブラッドは興味がなかったようだ。

「凄いね。あ、クリスは手錠を持ってる？」

「あるぞ」

ふんどしから手錠を取り出したクリスを見て、ブラッドがドン引きした顔をしていた。

「何でそんなところにしまったのさ？　僕は触りたくないから、クリスが手錠をかけてね」

「仕方がないな。しかし、ふんどしの欠点はポケットがないことだな。それ以外は完璧なんだが――ん？　どうやら、バルトファルトが目標に近付いたらしいぞ」

イヤホンのような通信機を耳に装着しており、そこから情報が届けられていた。

ナルシスは、真面目に話を聞かない二人に憤慨する。

「二人とも話を聞いてくれ！　ルイーゼがいる場所にはセルジュがいる。セルジュは本当に危険なんだ！　彼は――強いだけじゃない。残酷なところがある。このまま放置すれば、リオン君が死ぬことになるぞ」

ブラッドは、そんなナルシスを前にして小さく溜息を吐いた。

「ナルシスさんだっけ？　全然理解していないね」

「え？」

クリスに手錠をかけられるナルシスだったが、妙に生温かいのは無視することにした。

深く考えたくないからだ。

クリスは、手錠をかけながらリオンについて話をする。

「先生がどう思っているのか知らないが、バルトファルトは本物の英雄だ。ただ強いだけの相手に負けるわけがない。そもそも、強いだけでは勝てないから厄介なんだ」

ブラッドも頷き、相手を心配する。

「だよね。そのセルジュ君はボコボコにされるんじゃないの？　バルトファルトが嫌いなタイプだし。僕、バルトファルトとだけは本気で戦いたくないよ」

「私も同じだ。試合ならいいが、実戦なら絶対に逃げるぞ」

二人のリオンに対する信頼を聞いて、ナルシスは思った。

(彼らは仲が良いのだろうか？　それとも、悪いのだろうか？)

◇

リオンがルイーゼの部屋に到着した頃。ユリウスはロイクと外で戦っていた。

「こいつ、本当に死ぬ気か!?」

苦戦を強いられるユリウスは、ロイクの体当たりを避けて左腕を破壊してやった。

ロイクの鎧はボロボロで、武器など持っていなかった。

そのため、ロイクの攻撃と言えば体当たりだけだ。

ユリウスはロイクを殺さないように戦っており、そのために止(とど)めを刺せないでいる。

「手加減が難しすぎる。——ロイクだったな？　お前、そのまま戦えば本当に死ぬぞ！」

ロイクを思いやって声をかけたのだが、当の本人も理解してやっていた。

『それがどうした？』

「何？」

『俺はもう、死んでいるのと同じだ。今の俺には何も残っていない。何も残っていないんだ！』

ロイクが突撃してくると、ユリウスは受け止めてアインホルンの甲板に投げ付ける。

そして、コックピットをこじ開けて、ロイクの姿を見た。

血走った目。

以前見かけた際は貴公子という姿をしていたロイクだが、今は随分と荒(すさ)んだ恰好をしている。

鋭い目つきに、頬がこけた姿。

以前よりも痩せている姿からは、荒んだ生活を送ってきたように見える。

ロイクがコックピットから出てくると、そのまま剣を握る。鎧相手に、剣で立ち向かうようだ。

「お、お前！」

『——もう何もない。家族にも死んで来いと言われた。俺に——居場所なんてないんだよ！』

ユリウスは、今のロイクの立場を簡単に予想できる。

家族から死を望まれている。

そんなロイクが憐れだった。

ユリウスはハッチを開くと、同じように剣を手に取って外に出る。

（生き恥をさらしてまで生きたくないのなら、ここで終わらせてやるか）

気に入らないから斬るのではない。

ユリウスはロイクに同情しており、ここで終わらせてやるのも優しさだと考えている。

外に出てきたユリウスを見て、ロイクが少しだけ嬉しそうにしていた。

ユリウスの目が、自分を殺すと語っていたからだ。

「礼を言うぞ、王国の王子。お前は、俺に死に場所をくれた。こんな俺にも意味をくれた事に感謝する」

自ら命を絶つなど出来ず、しかし死に場所も与えられず。

家族に処分されるのを待つだけだったロイクには、このような戦いでも意味があったと思えるらしい。

「俺が終わらせてやる」

二人が剣を構えると、ブリッジからノエルが出てくる。

息を切らし、そしてユリウスとロイクの戦いを止めようと歩いてくる。

「ノエル、出てくるな！」

船内に戻るようにユリウスが言うのに、ノエルはこちらへと歩いてきた。

ロイクがノエルの姿を見ると、複雑な表情になる。

すぐに視線をユリウスへと戻し、そのままノエルと話をする。

「――ノエル！　俺は――俺は、お前のことが好きだった」

「ロイク、もう止めよう。ここまでする必要なんてないのよ。ルイーゼを生け贄にしたくない。死んで欲しくないの！　あんただって同じよ。死ぬ必要なんてない！」

「俺は死んだようなものだ！　――生きているのが虚しいんだよ」

ロイクが目に涙を溜め、そして剣先を下げて俯いた。

「聖樹の加護を失った貴族は、周囲から忌み嫌われる。俺には生きている価値がない。いずれ病死とされ殺されて死ぬだけだ。なら――ここで戦って死にたい」

いずれ死ぬなら、少しでも意味のある死を。

それがロイクの願いだった。

ユリウスは剣の構えを解かないが、二人に話をさせる時間を作る。

ノエルがロイクの説得を続けていた。

「家を出ればいいじゃない！　加護がなくたって生きていけるわ。六大貴族のロイクじゃなくてもいい。ただのロイクとして生きればいいじゃない！」

ロイクは泣きながら笑っていた。

「――違うんだ。違うんだよ！」

「ロイク？」

「俺はお前を——愛していると言いながら、何も知らなかった。知ろうともしなかった！　束縛してお前を苦しめて、傷つけただけだった。こんな俺に生きている価値なんてないのさ」

ロイクが死にたがっていた理由は、ノエルを傷つけたのが原因だった。

距離を置き、はじめて自分という存在を客観的に見ることが出来た。

ロイクが剣を放り投げると、ユリウスを前に両手を広げた。

「ユリウス殿下、正直戦う力なんて残っていない。勝手な希望だが、一太刀で終わらせて欲しい」

ユリウスが剣の柄を握りなおし、力を込める。

「分かった。最後に何か言うことはあるか？」

ロイクが笑顔を見せる。どこか、清々しい顔をしていた。

「ノエル——すまなかった。それから、殿下たちにも迷惑をかけたな。伯爵にも謝罪したい。すまなかったと伝えてくれ」

「必ず伝える」

ユリウスが踏み込むと、両手を広げたロイクの横っ面に——マリエの拳が叩き込まれた。

「舐めてんのか、糞ガキがぁぁぁ!!」

「ぶほっ！　ごほっ！」

甲板を転がるロイクを見て、ユリウスは立ち止まって剣を降ろした。

「マリエ？　え、えっと、ここはロイクの希望を叶えてやる場面だと思うのだが？」

乱入したマリエに対して困惑するユリウス。

そして、ノエルも困っていた。

「マリエちゃん？　あ、あの、ロイクが吹き飛んだんだけど」

小柄なマリエの拳など軽いと思われるだろうが、殴られたことのあるユリウスは知っている。

(マリエの拳は重いからな)

冗談抜きで重く、自分の倍はある男たちを拳一つで吹き飛ばす。

マリエは、拳をポキポキと鳴らしながらロイクに近付くと、左手で髪の毛を掴んで持ち上げていた。

そのまま右手で平手打ちをする。往復ビンタをし続ける。

「ご、ごめんな――ゆるし――」

叩かれ続けたロイクが、両の頬を大きく腫らしていた。

マリエは、乱れた呼吸を整えてからロイクの顔を自分に近付けた。

「何が死にたいよ。何が生きている価値がないよ。ちょっと失恋したくらいで、悲劇のヒロインにでもなったつもり？　気持ち悪いのよ」

「しょ、しょんなことをいわれても」

うまく喋れないロイクに対して、マリエは睨み付けて黙らせていた。

今のマリエには迫力がある。

「そんなことだからフラれるのよ。失恋したらさっさと次に行けばいいでしょ。それをいつまでもグチグチこだわって死んでやるですって？　お前、舐めてんのか？　あ！」

「ひっ！」

怯えたロイクを突き飛ばし床に転がすと、マリエは脅すような口調を止めて諭しはじめる。

「生きたいのに死ぬしかない人もいるのよ。この程度で死ぬとか、あんた本当に許さないわよ」

「で、でも」

「でもじゃない！　いい？　この世に生まれたからには、人間は死ぬまで生き続けないといけないのよ。若くて五体満足な体があるのに、一度失恋したから死んでやる？　甘えるんじゃないわよ！　あんた、潔く死ねばかっこいいとでも思っているの？　馬鹿じゃないの」

マリエは馬鹿にしながらも、真剣な目をしていた。

ユリウスは、マリエの言葉に妙な説得力を感じていた。

（マリエはどうしてこいつを説得しているんだ？）

ロイクとマリエには接点などないはずだ。

だが、マリエは自暴自棄なロイクを見ていられなかったのだろう。

「本当にかっこいいのは、最期まで生き抜く事よ。力の限り足掻いてもがいて、それでも生き抜いた奴がかっこいいのよ。今のあんたは、失恋したから死んでやるって言うただの甘えた奴。全然かっこよくない。ノエルが嫌いになるのも納得ね」

ロイクが俯いてしまう。

「君に何が分かる？　貴族として全てを失い、死ぬことを望まれた俺の気持ちが君に分かるのか？」

「知らないわよ！　あんた、自分がノエルの気持ちを察せなかったのに、他人にそれを求めるなんて図々しいわね。男だったらどん底からでも這い上がりなさいよ。聖樹の加護を失ったとか言っているけど、私たちは最初からそんなものがなくても生きていけるわ。私には貴族としての地位もない。あるのは負債ばかりよ」

マリエはロイクを無理矢理立たせると、お腹に軽く拳を当てる。

「簡単に死ぬなんて言う奴は甘えよ。本当にどん底にいる人間はね――自分の生き方すら自分で選べないのよ。生意気言う前に、生きるために足掻きなさい。あんたには時間もあるし、いくらでもやり直せるわ」

「――は、はい」

泣き崩れるロイクを、マリエが抱きしめる。

話を聞いていたユリウスは、それは難しいだろうと考えていた。

しかし、マリエがロイクを説得したのを見て、野暮なことは言えなかった。

すぐに鎧へと乗り込み、周囲を警戒する。

(共和国の艦隊はアインホルンを攻撃してこないか。バルトファルトを恐れているのか？　いや、もしかすると、バルトファルトが守護者の紋章を持つからか？)

空賊旗を掲げているアインホルンは、撃墜されても仕方がない立場だ。

しかし、フェルナン率いる艦隊は、手出しをしてこなかった。

(後はバルトファルトが、予定通りルイーゼを連れ帰るだけか)

# 第10話「利用する者」

「——かはっ！」

セルジュの槍の石突きで腹を攻撃された俺は、吐瀉物を吐いてうずくまる。

ルイーゼさんがいる部屋を汚してしまって申し訳ないが、今はそれどころではなかった。

ボロボロの俺と違って、セルジュは戦いはじめたままの姿。

つまり、俺の攻撃など一発も届いていなかった。

「何をしたらそんなに強くなるんだよ」

セルジュは強い。確かに強い。

冒険者として鍛えてきたとは聞いたが、ここまで強いとは思っていなかった。

苦しむ俺に蹴りを放ってくるセルジュは、性格も攻撃的で容赦がない。

「こんなものかよ！　何が英雄だ！　何が外道騎士だ！　お前の強さは、ロストアイテムあってのものだろうが！　それを手放したお前は、雑魚と同じなんだよ！」

容赦なく踏みつけられる俺は、必死に耐えていた。

口端からは血が出ており、何とか立ち上がってそれを手で拭う。

攻撃し続けて疲れているはずなのに、セルジュは随分と元気だった。

「――はぁ――はぁ――お、お前、随分と元気がいいな」

人を攻撃するというのは、体力の消耗が激しい行為だ。

俺を攻撃しているセルジュの息が上がっていないのを見て、不自然に感じていた。

フラフラしている俺を見ながら、セルジュは懐から取り出した何かを――小さな小瓶の中に入った液体を飲み干すと、それを床に投げる。

「――薬物か？」

「身体強化薬だ。これでお前を殴り続けられる」

そう言ったセルジュの視線は、ルイーゼさんを見ていた。

相手をしている俺ではなく、今の言葉はルイーゼさんに向けたものだ。

侍女たちに囲まれるルイーゼさんが、青い顔をして首を横に振っていた。

「嫌――嫌よ。もう止めて」

セルジュが両手を広げ、そんなルイーゼさんの希望を打ち砕く。

「お楽しみはこれからだぜ！　血反吐を吐いて、臓物をまき散らして情けなく死んでいく姿を見せてやるよ！」

過激な奴だ。

それにしても、身体強化薬か。

マリエの攻略情報に書いてあったな。

ステータスを一時的に上昇させる効果があり、ゲームなどには定番のアイテムだろう。

「そんなものまで持ち出すのか」

「殺し合いにルールなんてないんだよ」

それには同意する。

だが――。

身体能力が向上したセルジュの拳が俺に迫り、殴られて壁まで吹き飛んだ。

背中を打ち、壁にひびが入る。

「――っ！」

血を吐くと、俺の姿を見たルイーゼさんが、侍女たちを押しのけて俺の前に立って両手を広げた。

セルジュが目を細めている。

「何の真似だ？」

「これ以上は許さない。リオン君をこれ以上傷つけないで」

「先に手を出したのはこいつらだ！」

「それでも！　それでも止めて」

セルジュが槍を構えると、周囲が止めに入った。

「セルジュ様！　ルイーゼ様にはお役目が残っています！　無傷で梢に届けよと命令されています！」

侍女に止められ、セルジュが槍の穂先を降ろした。

セルジュが俺を見る目は、酷く冷たかった。

「正直ガッカリだ。もう少し遊べると思ったのによ」

苦しむ俺をルイーゼさんが立たせると、そのまま俺を部屋から連れ出す。

侍女たちが止めようとするが、ルイーゼさんが厳命する。

「来ないで！　――今更逃げたりしないわ。でも、ここにいればこいつがリオン君を殺すから、安全な場所まで離れます。すぐに戻るから」

ルイーゼさんに肩を借りて、俺は部屋を出ていく。

◇

ルイーゼは、リオンに肩を貸して船内の廊下を歩いていた。

涙が止まらない。

セルジュに、弟と同じ姿のリオンを痛めつけられるのを見て、悲しくて仕方がなかったのだ。

「本当に馬鹿なんだから！」

「あはは――すみません」

出発前にアルベルクから聞いたリオンの伝言は「ごめんなさい」だ。

その意味を、ルイーゼは今になって理解した。

「お父様への伝言はこういう意味だったのね」

「――怒りました？」

「怒るわよ！　リオン君の行動で大問題になるわよ。死ぬ前に、助命は求めるけど、どうなるか分からないわ」

生け贄として飛び込む前に、リオンたちの擁護はするつもりだ。

しかし、その後まで保障は出来ない。

「リオン君が無理する必要はないのよ。私が選んだの。私ね、前にも言ったけど生け贄になるのはいいの。弟の——リオンの側に行けるから」

本当は怖かった。

誰かに助けて欲しかった。

しかし、毎夜夢に見る弟の苦しむ姿に、ルイーゼは耐えきれなくなっていた。

自分が側にいてあげれば、きっと弟は寂しくない。

昔——助けられなかった自分が出来る罪滅ぼしと考え、受け入れてしまっていた。

そんなルイーゼに、リオンの口から意外な言葉が出てくる。

「昔から義理堅すぎるんだよ」

「え？」

まるで昔から自分を知っていたかのような物言いに、すぐに「最近知り合ったばかりじゃないか？」という疑問が浮かぶ。

しかし、ルイーゼは毎夜悪夢にうなされており、判断力が低下していた。

「新年祭の約束を果たしたら消えるつもりだったんだ。それなのに、聖樹が余計なことをするから、面倒になった」

「な、何を言って――」

「――俺だよ。いや、僕だよ。分からなかったの？」

「か、からかうのは止めてよ！　冗談でも笑えないわ」

リオンの物言いは、まるで自分こそが弟のリオンであると聞こえてくる。

そんなことは絶対にあり得ないのに、ルイーゼの心はそうであって欲しいと願っていた。

リオンがお腹を押さえ、苦しそうな姿を見せながらそれでも笑みを浮かべる。

痛々しい姿だ。

「む、昔、一緒に寝た時に、俺がおねしょをした罪をなすりつけたよね？　怒って、一週間も口を聞いてくれなかった」

ルイーゼは、その話をリオンに聞かせていなかった。

「ど、どうしてそれを」

「仲直りがしたくて、紙で作った指輪をプレゼントしたんだ。みんなの前で俺がやったと謝って、許してもらえた」

最終的にリオンが、自分がやったと家族の前で謝ったのでルイーゼは許した。

そのお詫びの品が指輪であり、その時に調子に乗ったリオンが結婚の約束までしたのだ。

告白する経緯が酷くて、あまり喋りたくなかった。

ルイーゼは涙が止まらなかった。

「どうして。どうしてよ！　何で今更言うのよ！」

泣きじゃくるルイーゼを抱きしめるリオンは、優しく説明する。

「俺が生まれ変わって現れても困るだろ？　ちょっと顔を出すだけで良かったんだ。みんなの顔を見たかった」

「言ってよ！　私はずっと――リオンに謝りたかったのに！」

リオンの胸で涙を流すルイーゼは、声が出てこなくなった。

自分の直感が正しかったと思い込み、目の前にいるのが弟の生まれ変わりだと信じてしまった。

不自然な箇所には目をつむり、信じたい事実だけを見ていた。

「そうやって泣くから、言いたくなかったんだ。俺は恨んでいないよ。最期にもそう言っただろう？」

ルイーゼは頷き、その時の事を思い出す。

苦しそうなリオンを見ているしか出来なかった。

リオンがその時の話を口にする。

「俺が生け贄を望むと思うの？　俺は最期に、笑顔だっただろ？」

「うん。うん。そうだった」

◇

弟の死が近付いていた頃の話だ。

苦しむリオンの周りには、アルベルクが集めた名医たちが揃っていた。

手の施しようがなく、誰もが俯いていた。

アルベルクが助けを求める。

「望む物を用意する！　だから息子を助けてくれ！　貴方は名医だと聞いている。死人すら生き返らせると！」

その名医が首を横に振った。

「死人は生き返りません。それは誇張された噂話です。ご子息のことは残念に思いますが、理由が分からないのです。どうして衰弱するのか、見当がつきません。まるで、魂が離れたがっているとしか思えない」

不思議なことに、リオンの体には病などなかった。

衰弱しているだけなのだ。

だから、医師たちも手の施しようがない。

「呪い師もそう言っていた！　ならば、その魂をつなぎ止めてくれ！」

その手の専門家も当然のように集めたが、皆がどうにもならないと諦めていた。

「――我々は医者です。呪い師ではありません」

アルベルクが手を握りしめ、そこから血が滲んでいた。

ルイーゼは、リオンの手を握りしめる。

「リオン、死んだら駄目よ。約束があるでしょ？　いっぱいあるわよ。それを守らないで死んだら、絶対に許さないからね。守護者になるのよね？　お姉ちゃんと結婚するのよね？」

それを聞いたリオンは、笑みを浮かべていた。

苦しそうなのに、笑みを浮かべている姿が痛々しかった。

「ごめんね。でも――僕は約束を守るよ。困った時は必ず――かけつけ――から」

そのままリオンが苦しみ出すと、話が出来なくなった。

ルイーゼは首を横に振り、そしてリオンの体に抱きついた。

子供ながらに、リオンの魂が離れていくというのを聞いて――必死につなぎ止めようとしたのだろう。

「いかないで！　お姉ちゃんを置いていかないで！」

結局、リオンはその日に死んだのだ。

◇

「俺は生け贄なんて求めていないよ」

「な、なら、どうして声が聞こえるのよ！　助けてって叫ぶのよ！」

「聖樹に花なんて咲かない。きっと何か理由があるはずだ」

「理由？」

「それを調べる。だから、それまでは俺を信じてついてきて欲しい」

いつの間にか、ルイーゼはリオンに引っ張られて甲板へとやって来ていた。

そこにはアロガンツの姿がある。

アロガンツに近付いた兵士、そして鎧が周囲に転がっていた。

リオンがルイーゼと向かい合う。

「今までごめんね。でも、これからはずっと一緒だから」

ルイーゼは、リオンに抱きつく。

その直後だ。

「なっ!?」

リオンの慌てた声が聞こえると、飛行船の甲板が激しく揺れはじめた。

ルイーゼが周囲に視線を向ければ、高度が上がっていた。

「浮き上がっている?」

アインホルンがぶつかり、動けなくなった大型飛行船が浮かんでいた。

まるで、聖樹の梢に導かれるように動いていた。

リオンがルイーゼを抱きしめ、アロガンツに乗り込もうとする。

「こっちだ」

「ま、待ってよ、様子がおかしいわ」

◇

セルジュは船内の廊下を走っていた。

「あの女、土壇場で裏切りやがった！」

ルイーゼとリオンの様子を監視していたセルジュは、急いで甲板へと出る。

すると、そこにはリオンとルイーゼの姿があった。

抱き合っている姿を見て、セルジュの中で何かが切れてしまう。

「――おいおい、今更逃げられると思っているのか？」

リオンは黙っていたが、ルイーゼがセルジュに答える。

「セルジュ、今はそっとしておいて」

リオンとルイーゼの会話を聞いていたセルジュは、馬鹿にしたように笑い出す。

「弟が本当に生き返ったと思っているのか？　本当におめでたい馬鹿だな！　そいつが弟と同じ年齢なのを忘れたのか？」

リオンが本当に弟の生まれ変わりだとすれば、年齢が一緒なのはおかしい。

当たり前のことを言われたルイーゼは、驚いてリオンの顔を見る。

「リオン？」

黙っているリオンを見て、セルジュは拳銃を取り出した。

「このペテン師が。弱ったルイーゼなら簡単に騙せても、周りが同じだと思うなよ。口ばかりの偽英雄は、ここで殺してやるよ」

ルイーゼが必死にリオンに問う。

「リオン？　一つだけ答えて。貴方がくれた指輪には、何て書いてあった？　それは、私たちだけの秘密だった。貴方にならわかるわよね？　ね!?」

紙で作った指輪に、弟が書いたもの。

それは二人だけの秘密であり、第三者では絶対に答えられない質問だ。

リオンが答える。

「愛している、って書いたかな？」

ルイーゼと視線を合わせずに答えたが、それは間違いだった。

ルイーゼがリオンを突き飛ばすと、嫌悪感をあらわにする。

「私を騙したのね」

「――途中までうまくいっていたのに、本当に残念だよ」

大型飛行船は、聖樹の頂上に到着してしまった。

ルイーゼが後ろに下がり、リオンと距離を取る。

リオンが無理矢理取り押さえようとすると、セルジュが拳銃で二人の間――床に発砲した。

「動くな。お前はそこで見ていろ。ほら――聖樹の花が見えてきたぞ」

一輪の花。

白い菊のような花からは、細いロープのような触手が何百と出現していた。

その触手はルイーゼを探し求めている。

そして、声が聞こえてきた。

『お姉ちゃん――どこ？　お姉ちゃん――どこにいるの？』

弟の声だと気が付いたルイーゼは、声を張り上げる。

「ここよ！　ここにいるわ！　リオン、お姉ちゃんはここにいるから！」

声に反応した触手が、ルイーゼに向かって伸びてきた。

様子を見ていたリオンが慌てて止めに行こうとすると、セルジュが発砲する。

容赦なくリオンに銃弾を撃ち込んでいた。

「くっ！」

リオンは銃弾がルイーゼに当たらぬように、その身を犠牲にして守った。

そのために、ルイーゼに追いつけずにいた。

ルイーゼ本人は甲板から飛び降り、触手に受け止められてそのまま花に取り込まれてしまう。

「ルイーゼさん！」

リオンが悔しそうに手を伸ばすが、諦めたのかセルジュを睨んできた。

「第二ラウンドだ。今度は助けてくれる奴がいないな」

弾を撃ち尽くしたセルジュは、またも拳銃を放り投げる。

懐から取り出したのは、身体強化薬だ。

それを飲み干し、空になった小瓶を投げる。

そして槍を手に取った。

リオンがセルジュに向かって歩いてくる。

武器を取る気配がない。

「おい、腰の剣は飾りか？　せめて武器を――」

「邪魔だ、退け」

「――な!?」

一瞬で距離を詰めたリオンが、セルジュの顔面に拳を叩き込んで甲板に叩き付ける。

たったの一撃。

リオンの拳を受けたセルジュは、仰向けになっていた。

そのままリオンは、アロガンツへと向かう。

そこにルクシオンが合流していた。

『予定と違いますね。ルイーゼを回収できていませんが？』

「途中までは良かったんだ！　くそ！　二人だけの秘密とか、リオン君のせいで計画が狂ってしまったじゃないか」

起き上がろうとするセルジュだったが、予想よりもダメージがあって立てない。

薬のおかげで痛みは少ないが、体が動かなかった。

リオンはアロガンツに乗り込むと、セルジュなど無視して飛び去ってしまった。

鼻血を出しながら、セルジュはリオンに対して憎悪を募らせる。

「お、俺を歯牙にもかけないだと。——あ、あいつ、この俺を利用しやがったのか！」

ルイーゼの前でボコボコにされたのは、わざとであると気が付いたセルジュが怒りに震える。

このような屈辱は今までに受けたことがない。

今まで築き上げてきた自信が、音を立てて崩れ去っていく。

◇

アロガンツのコックピットの中。

聖樹の梢に咲いた花へと近付くと、気持ち悪い触手が生えていた。

「こいつ、本当に神聖な植物なの？」

非常にグロテスクである。

何百という触手が、花から出てウネウネと動いて俺を近付けさせない。

その周囲に配置されていたのは、円柱状の浮かんでいる機械だ。

「ルクシオン、あれは？」

『イデアルが製造した防衛設備ですね。ジャミングをしており、私が解析できないようにしていました』

「セルジュの奴、ここまでするのかよ」

『時間はかかりましたが、既に解析は終えています。本来ならさっさと本体の主砲で焼き払いたいところですが、マスターが説得に失敗したので無理になりました』

「途中までうまくいってたんだよ！　それで、あの花は何なんだ？」

ルクシオンと別行動を取っていたのは、花を調査させるためだ。

イデアルの防衛設備に阻まれ、今までは調べることが出来なかった。

『あれは聖樹とは関係ありません。聖樹と繋がってはいますが、エネルギーを得ているだけですね』

「別物？」

『魔装の反応を感知しました。完全体とは言いませんが、一部のコアを残した魔装が取り憑いた姿ですよ』

「――嘘だろ」

俺が想像したのは、旧ファンオース公国との戦争で戦った黒騎士の爺さんだ。

あの爺さんに、俺は殺されかけた。

魔装――それは新人類が、ルクシオンたち人工知能と戦うために用意した兵器である。つまり、厄介な代物だ。

『事実です』

「ルイーゼさんを取り込んだって言うのか！　なら、もう――」

魔装に取り込まれると、助ける方法がなくなってしまう。

魔装が人間と融合すると、切り離せなくなるからだ。

そして、融合した人間は――長くは生きられない。

『いえ、コアが残っていれば助け出せます。一部でも残っているのは幸運でした。ただし、すぐに助けなければ、融合されてしまうでしょうね』

「ならすぐに取り戻すぞ」

それにしても、どうして魔装はルイーゼさんを選んだ？　わざわざ、リオン君の声まで使って語りかけた？　本当にリオン君が取り込まれているのか？

いや、それはない。

まさか、本当に魂が取り込まれている？

思考がまとまらない。

すると、ルクシオンが俺に警告してきた。

『そういうことですか。魔装が求めていたのは、聖樹の加護を持つ人間です』

「何？」

『出て来ますよ』

聖樹の花が休息に枯れていくと、そこから種が出て来た。

大きな種にはひびが入り、そこから巨大な手が出てくる。

殻を無理矢理こじ開けて出てくるのは、以前に見た黒騎士の魔装と似た姿だった。

「おい、もしかしてあれにルイーゼさんが乗っているのか？」

『取り込まれているのでしょう。エネルギー源にされています。忌々(いまいま)しい奴らです。消しますか？』

「ルイーゼさんを助けてからだ」

アロガンツを向かわせると、魔装が反応を示す。

ルイーゼさんの声を使用していた。

『いい。この生体パーツは――非常にいい。枯渇したエネルギーが、無尽蔵に供給される！　このまま――私はこの世の全てを滅ぼしてやる！』

両手を広げる魔装に向かい、アロガンツには戦斧を持たせて斬りかからせた。

だが、刃が通らない。

戦斧が折れてしまう。

「何だこの硬さ!?」

『黒騎士の時とは違います。完全体に近いので、それだけ性能も上がっていると考えてください』

「先に言えよ！」

急いで距離を取り、折れた戦斧を放り投げた。

ライフルに持ち替えて狙撃を行えば、全て避けられてしまう。

「速い!?」

『当然です。旧人類が苦戦した魔装という兵器ですよ。ただし、これでもデータを見る限り、性能は半分以下ですね』

「こいつを倒して、ルイーゼさんも助けるのが途方もなく難しいのは理解できたな。――それで？　助ける方法は？」

向かってくる魔装の拳を避け、ルクシオンの答えを待つ。

『魔装からルイーゼを取り出し、コアだけを貫きます。問題なのは、マスターが説得に失敗したことです。ルイーゼ自身が、魔装から離れようとしないでしょう。むしろ――』

話の途中で襲いかかってくる魔装の攻撃を、大鎌を取り出して受け止める。

魔装が俺に語りかけてきた。

『――許さない。私を騙した貴方は、絶対に許さない』

俺を憎むルイーゼさんの声が聞こえてきた。こちらは本人の意志のようだ。

「意識があるのか!?」

蹴飛ばして距離を取れば、魔装が両手を広げる。

「くそっ!」

蹴飛ばした際に、アロガンツの脚部が貫かれていた。

魔装の腰からは尻尾が伸びており、それがユラユラと動いていた。

「あの尻尾は脅威だな」

『魔装自体脅威ですよ。それにしても――』

魔装からは二人の声が聞こえてくる。

一人はルイーゼさんで、もう一人は――リオン君と思われる声だ。

『あぁ、リオンが側にいるのを感じるわ』

『お姉ちゃん、二人であいつを倒そう。お姉ちゃんを騙したあいつは許しておけないよ』

『――ええ、いいわよ、リオン』

魔装が距離を詰めてくるので、ペダルを踏み込んで逃げ回る。

引き離そうとしても、アロガンツの性能でも徐々に追いつかれていた。

「黒騎士の爺さんと戦った時の悪夢が蘇るな」

『冗談を言っている場合ではありませんよ。魔装が復活するなど想定外です。――どうするのですか、マスター？』

アロガンツを追いかける魔装が、体中に肉眼を出現させてそこから魔法を放ってくる。

魔装の周囲が冷気に包まれ、鋭い氷のニードルがいくつも浮かんでいた。

それらがアロガンツ目がけて襲いかかってくるのだが、避けてもある程度は追尾してくる。

「ミサイル！」

『迎撃します』

アロガンツの背負っているコンテナの蓋がパージされると、そこに積み込んだミサイルが発射されて氷が全て破壊された。

続いて、積載していたドローンを展開する。

球体にガトリングガンを搭載したドローンたちが、アロガンツの周囲に浮かんで攻撃を全て撃ち落とす。

アロガンツは実弾を。

魔装は魔法を撃ち合い、周囲では爆発やら魔法が弾ける音が響いていた。

随分と派手な戦闘が起きていた。

「さて、どうするかな」

逃げ回りながら、俺はルイーゼさんを救出する方法を考える。

◇

ルイーゼが魔装に取り込まれたのを見ていたマリエは、アインホルンのブリッジから戦闘の様子を見ていた。

アンジェが魔装の姿を見て、黒騎士を思い出したようだ。

「どうしてここであいつが出てくる!? 一体何が起きているんだ？」

リビアも、そんな魔装と戦っているリオンを心配する。

「リオンさんは大丈夫でしょうか？」

「黒騎士には勝っているが、相手の実力が未知数では分からない」

「そんな！」

アインホルンの周囲には、ジルク、ブラッド、グレッグ、クリス——四人が乗り込む鎧が浮かんでいた。

ユリウスはブリッジに控えており、連れてきたロイクを一応は警戒している。

マリエがロイクに事情を聞く。

「聖樹にあんなものがあるの？」

「い、いや、聞いたことがない。いえ、ありません」

ロイクのマリエに対しての口調は、随分と畏まっていた。

「そもそも、あんなものがあるなんて聞いたことがないんです。聖樹に花が咲いたことも、共和国の歴史には一度だってない」

「何でそんなものに生け贄を捧げようとするのよ？」

「――六家の当主たちの判断ですよ。バルトファルト伯爵に負け続け、この上は聖樹に見限られたらと思うと恐怖だったと思います」

ユリウスは微妙な表情になる。

「バルトファルトの存在が原因か」

「いや、遅かれ早かれ生け贄として捧げていたはずだ。共和国にとって、聖樹はそれだけ絶対的な存在だからな。まして、聖樹から声が聞こえれば、信じてしまう奴らも出てくる」

マリエは頭を抱える。

（ルイーゼが死ぬと、アルベルクがラスボスになるじゃない！　そんなの嫌よ！　ここまで来て、全部意味がなかったとか、そんなの――ノエル？）

聖樹の苗木が入ったケースを抱きしめるノエルが、外の様子を見ていた。

ノエルの右手の甲にある紋章が淡く輝いていた。

ユリウスが戦闘の様子を見て、助けにいけないのを歯がゆそうにしていた。

「助けられればいいが、あの中に入れば我々では邪魔になるか」

ユリウスたちの鎧は、アロガンツの劣化コピー品だ。

アロガンツが苦戦する相手には勝てない。

マリエはユリウスに頼む。

「ユリウス、そんなことを言わないで助けてよ！　アロガンツでも勝てないのよ？　ほら、みんなはリオンよりも操縦技術が上でしょ？　機体性能を腕でカバーするとか色々とあるじゃない」

リオンを助けるように頼むマリエに、アンジェが間違いを訂正する。

「お前は勘違いをしている」

「な、何をよ？」

「リオンは強い。今苦戦を強いられているのも、取り込まれたルイーゼを助けるためだろう。それさえどうにか出来れば、リオンだって――」

アンジェの話を聞いて、ノエルが口を開く。

「あたしにやらせて」

マリエがノエルに視線を向けると、聖樹の苗木も淡く光っていた。

「え？　ノエル、何を――」

「ルイーゼをあの中から引っ張り出すには、説得するしかないわ。でも、今のままだと会話すら出来ないの。でも、あたしなら――あたしなら近付けば声を届けられるから」

「そ、そんなことができるの!?」

「――た、たぶん」

確信がないノエルの言葉に、リビアは許可を出さない。

「駄目です。ノエルさんに無茶はさせられません」

ただ、ここで助け船を出したのはロイクだった。

「いや、可能性はあるぞ。巫女は紋章を持つ者と心で会話が出来ると聞いたことがある。資料でも読んだが、聖樹を通して繋がるという話だ。直接触れ合えれば会話くらいなら可能なはずだ」

マリエが慌てて止めに入る。

それは、ノエルが苗木の巫女であり、聖樹の巫女ではないからだ。

「待って！　苗木と聖樹は別物よ！　ノエルに無茶なことは――」

すると、リビアの髪がふわりと膨らむように浮き上がる。

体に白い光の線が浮き上がり、模様を作りだしていた。

「ぎゃぁぁぁ！　光ったぁぁぁ！」

マリエが絶叫すると、アンジェが一喝する。

「黙っていろ。リビア、やれるのか？」

「――まだ、完全に制御できていません。でも、短時間だけなら」

「私も手伝う。ノエル、お前も来い」

「え？　あ、あの」

状況についていけないノエルが、困惑しているとアンジェがその手を掴んだ。

「お前の声を届けるのだろう？　説得するのだろう？　なら、リビアと私がお前に力を貸してやる」

おずおずと、ノエルがリビアの差し出した手を握る。

リビアが聖樹の苗木を、自分たちの中心に置いた。

三人が手を繋いで輪を作ると、聖樹の苗木が輝きを強める。

「短時間だけです。説得をするなら急いでください」

「わ、分かったわ」

ノエルが目を閉じると、外の様子にも変化が現れた。

魔装の動きが鈍くなっていたのだ。

マリエは三人が淡い光に包まれているのを見て、何が起きているのか理解できなかった。

(嘘。こいつら、まさか自力で聖女の力を引き出しているの？　道具も何もないのに!?　い、一体どうやったのよ!?)

リビアの急成長に驚くマリエは、外に視線を向ける。

(後は説得さえ出来れば)

◇

ノエルは不思議な景色を見ていた。

(凄い。これなら心の声をルイーゼに届けられる)

精神世界とも言うべき場所に意識だけを飛ばし、周囲の景色はぼやけて見えている。

どこに進めばいいのかとキョロキョロしていれば、激しく燃える何かがいた。

「こっちだ。私たちから離れるな」

その声の主はアンジェだった。

ノエルが驚いたのは、アンジェの中に自分を憎む炎が見えたことだ。

自分に対して怒りを抱いている。

「あ、あ――」

その近くには、リビアの感情が見えてしまっていた。

ドロドロとした嫉妬だ。

人の形をしたそれらを見て、ノエルは自分がどう見えているのか不安になった。

リビアがノエルの手を掴む。

「今はやるべき事をしましょう」

恐ろしいが、それよりも今はルイーゼを救いたかった。

「わ、分かったわ」

二人が抱く自分への感情に恐怖しつつも、同時に二人がそれだけリオンを思っていることを知ることが出来た。

ノエルはルイーゼを捜す。

「ルイーゼ、絶対に連れ戻して――あんたに言いたいことを全部言ってやる！」

◇

ルイーゼの精神世界。

幼いリオンがルイーゼの後ろから抱きついていた。

精神世界であるため、互いに裸だ。

ただ、輪郭はぼやけている。

そこにいるというのを理解できるだけだ。

『お姉ちゃん、あいつを殺してよ』

幼いリオンがねだってくると、ルイーゼはそれを受け入れるのだった。

「いいわよ。リオンの願いは、全部お姉ちゃんが叶えてあげる」

すると、魔装がアロガンツに向かって襲いかかる。

圧倒的な性能を見せつける魔装に、アロガンツは追い詰められていた。

二人だけの空間。

ルイーゼは幸せだった。

「リオン――これからはずっと一緒よね？」

『そうだよ。ずっと一緒さ。これからも僕の頼みを聞いてくれるよね、お姉ちゃん？』

「えぇ、全部叶えてあげるわ。だって私は――」

そんな二人だけの空間に入り込んでくるのは、アンジェとリビア――そしてノエルだった。

ノエルがルイーゼを見つけると、怒鳴りつけてくる。

「見つけた！　ルイーゼ、あんた何をやっているのよ！」

「ノエル！」

ルイーゼが敵意をむき出しにすると、精神世界が荒れ始める。

アンジェが両手を広げると、魔法陣が出現して自分たちに降り注ぐ攻撃を防いでいた。

「ノエル、さっさと説得しろ！」

リビアの方は、ルイーゼの精神世界に入り込むための道を用意していた。

ただ、無理矢理割り込んだような形であり、長居は出来ない様子だ。

「出来るだけ急いでください。私も――この力はコントロールが難しくて」

苦しんでいるリビアを見て、ノエルがルイーゼの説得に入った。

「ルイーゼ、もう止めて。リオンは、あんたを助けるために嘘を吐いたのよ。あんたを助けたかったから」

「五月蠅い。五月蠅い、五月蠅い！　私の大事な思い出を汚したのよ！　私が本当に大切にしていた思い出を――許せない。絶対に許せない」

ルイーゼは正気ではなかった。

後ろにいる弟が、ルイーゼを抱きしめて微笑んでいる。

『許せないよね、お姉ちゃん。だから殺そう。僕、こいつらも嫌い。全部殺して、お姉ちゃん』

「そうよ。私のリオンを奪う嫌な女――ノエルを――排除する！」

ルイーゼがノエルの排除を願うと、精神世界に吹雪が発生する。

三人が精神世界から追い出されようとしていると、現実世界では魔装が力を発揮していた。

ルイーゼから搾り取った魔力で、アロガンツを攻撃している。

「あははは！　壊れろ！　リオンの偽物なんて消えてしまえばいいのよ！」

あれほどまでに大事に思っていたリオンを殺そうとしている。

その姿に、ノエルが悔しがる。

「あんた、本当にどうしたのよ？　いつもの余裕はどこに行ったのよ？　リオンをあんなに可愛がっていたじゃない」

ルイーゼの表情が歪み、ノエルに怒りを――心の奥底にあった憎しみをぶつける。

「私のリオンを奪ったあんたに何が分かるのよ！」

「あんた、弟のことを――」

「好きだった。愛していた！　それなのに、私の可愛いリオンは――あんたを選んだ。どれだけ私が悔しかったと思っているの？　それなのに――ようやく叶った幸せすら奪うなら、私はお前らを！」

魔装がパワーを上げていく。

気が付けば、外の戦闘は周囲が氷漬けになっていた。

聖樹の葉や枝が凍り、周囲に吹雪が吹き荒れていた。

氷で作った二振りの刃を持った魔装が、アロガンツに斬りかかる。

アロガンツは両腕で防ごうとするが、その両腕が切断された。

「リオン！」

ノエルが叫べば、ルイーゼがその姿を笑う。

「今度はあんたからリオンを奪ってあげるわ。そうすれば、リオンは一人――私とずっと一緒にいてくれる」

ノエルはルイーゼを睨み付ける。

「あんた、本当に弟が――」

その先を言ったのは、現実世界で戦っているリオンだった。

『本物の弟が、あんたを犠牲にするやり方を選ぶと思うのか？』

リオンの声が聞こえ、ルイーゼの動きが止まった。

「――う、五月蠅い。偽物が五月蠅いのよ！」

『何だ、理解していたのか？　本当は気付いていたのに、見て見ぬふりをしていたわけだ。だってそうだろ？　あんたや、あんたの家族の話に出てくるリオン君は――姉を犠牲にするやり方なんて絶対に選ばない男だからな』

ルイーゼは気持ちが揺らぐ。

（そうだ。リオンは私を犠牲になんてしない。で、でも、ずっと一人で寂しかったから）

自分に言い聞かせ、魔装をアロガンツにけしかけた。

「私を惑わすな！」

『もう惑わされていると思うけどね。そいつが本物のリオン君か試してみなよ。そいつが本物なら、全て答えてくれるはずだ』

ルイーゼは動きを止めた。

そんなルイーゼを心配したような声で話しかけてくるのは、後ろから抱きついている弟だった。

『どうしたの、お姉ちゃん？』

ルイーゼは振り返り、リオンの顔を見る。

輪郭がぼやけてハッキリと見えない。

「リオン――リオンはノエルのことをどう思っているの？」

『急にどうしたの？　そんなこと、どうでもいいよね？』

一つ疑問が出てくると、次々に怪しくなってくる。

だから、試してしまった。

「ノエルを覚えていないの？　あんなに――仲良くしていたのに――いっぱい、遊んだわよね？　ほ、ほら、二人でこっそり抜け出して、遊んだじゃない？」

その言葉にノエルの方が驚いてしまう。

「え？」

ただ、察したアンジェがノエルの口を塞いだ。

「黙っていろ。――面白いことになるかもしれないぞ」

ルイーゼは、姿がおぼろげな弟に不安そうに問いかける。

「お、覚えていないの？　ノエルとは婚約して、あんなに仲良く――」

弟が微笑んでいた。

『そうだったね。でも、僕の一番はお姉ちゃんだから』

その台詞を聞いて、ルイーゼは首を横に振った。

「違う。リオンの一番はノエルだった。婚約したノエルが一番だから、その次がお姉ちゃんだって
――あ、貴方は誰？　どうしてリオンの顔と声をしているの？」

ルイーゼが弟――その偽物から離れる。

ノエルがルイーゼの手を掴んだ。

「ルイーゼ！　早くこっちに来て！」

だが、偽物の姿がゆっくりと変化して、禍々(まがまが)しい魔装の姿に変わる。

『あと少しだったのに――まぁ、いい。パーツとして使用すればいいだけだ』

魔装がルイーゼを大きな手で掴むと、そのままノエルたちを精神世界の外に弾き飛ばしてしまう。

「ルイーゼ！」

ノエルが伸ばした手に、ルイーゼも手を伸ばす。

しかし、二人の手が触れあうことはなかった。

三人が外に追い出されると、魔装がルイーゼを取り込んでいく。

『これでまた――暴れられる。使い潰したら、次を取り込めばいい』

魔装がルイーゼの紋章からエネルギーを得て、更にパワーを上げていくのだった。

# 第11話「リオン君」

黒い魔装が、氷の鎧をまといだした。

「あ〜あ、本当に最悪だよ。あいつ何なの？　何でもありかよ」

周囲は吹雪。

周辺の景色は氷漬けにされ、見ていているだけで寒くなってくる。

コックピット内の温度まで下がっている気がする。

『ルイーゼからエネルギーを搾り取っています。このまま戦い続ければ、先にルイーゼが持たなくなります』

「人間を電池代わりに使い捨てにしているのか？　最悪な奴だな」

『――マスター、心拍数が上がっていますよ。随分と〝お怒り〟ですね』

軽口を叩いているが、相棒であるルクシオンには俺の気持ちが分かる。

そうだ。苛々して仕方がない。

どうにも落ち着かない。

「三人の様子は？」

『疲弊(ひへい)していますが、アインホルンのブリッジで意識を取り戻しています。精神世界での交渉は失敗したようですね』

「無理矢理にでも助けるぞ」

『結局、スマートに解決できませんね。マスターはいつも詰めが甘すぎるのです』

片足は動かず、両腕を失い、コンテナの武器は使い果たした。

満身創痍(まんしんそうい)のアロガンツだが、俺とルクシオンに悲愴感はない。

「ここからは本気を出す」

『次からは最初から本気を出してくださいね。――シュヴェールト、来ます』

魔装が俺に斬りかかってくるが、その動きを予想して最低限の動きで避ける。

「あは！　さっきより動きが悪くなったな！」

魔装はスピードもパワーも上昇しているが、大雑把な動きしか出来ないようだ。

『ルイーゼがコントロールできないので、コアが代わりに動かしているのでしょう。損傷したコアでは、この程度の動きしか出来ません。次が来ます。そのまま避けて、シュヴェールトとのドッキングをお願いします』

「任せておけ」

魔装が接近してくるが、それを避けて聖樹に突っ込む。

すると、木々の間をくぐり抜ける黒い大きな翼を見つけた。

形としては戦闘機だ。

その戦闘機には、アロガンツの予備パーツである両手両足がセットされていた。

アロガンツは、損傷した両手両足のパーツをパージする。

コンテナもパージして落下していくと、シュヴェールトが背中に回り込みアロガンツとドッキングした。

「合体は男の子の夢だな」

『巨大ロボになれずに申し訳ありませんね』

「馬鹿、嫌みじゃねーよ」

アロガンツの失った手足が新しい物に交換され、聖樹の枝を避けながら飛ぶ。

そこに、追いかけてきた魔装が見えた。

魔装が通り抜けた場所が、凍っていく。

『マスター、アロガンツの両腕ですが、敵魔装と戦うためにオプションを変更しています』

「見た目は変わってないな」

『見た目にばかりこだわりますね。来ましたよ』

魔装が接近してくると、アロガンツに氷の刃を受け止めさせた。

先程は簡単に斬り裂かれていたが、今度の両腕は違う。

氷の刃が溶けてしまった。

魔装が驚いて距離を取ろうとするが、掴んで逃がさない。

「逃げるなよ。せっかく追いかけてきたんだからさ！」

両腕から熱が伝わり、魔装の氷で出来た鎧が溶けていく。

『ぎゃぁぁぁぁ!!』

金属音や叫び声の混ざったような絶叫が聞こえるが、無視して両腕を引きちぎった。

ルクシオンが赤い一つ目を怪しく光らせながら、その姿を見て楽しんでいる。

『随分と痛めつけてくれましたね。しかし、貴方のデータは収集しましたよ。対抗策も用意させていただきました』

短期間で魔装対策を済ませたシュヴェールトを用意し、戦闘データから最適な動きを用意している。

俺たちが勝つのは決まっていた。

「返してもらうぞ」

胸部装甲を引き剥がすと、そこにはルイーゼさんの姿があった。

アロガンツの手が優しくルイーゼさんを助け出す。

取り戻した後は、こちらのものだ。

『マスター、もうよろしいですね？』

「お前も変わらないな」

アロガンツが蹴り飛ばすと、魔装は尻尾を突き刺そうとしてくる。

それを片手で受け止め、そのまま再び梢まで引っ張り上げるように飛んだ。

「随分と引っかき回してくれたな。お前は塵一つ残さず破壊してやるよ！」

『新人類の兵器は滅びなさい――インパクト!!』

尻尾を掴んでいた手から、赤い光が発生するとそのまま魔装を焼いていく。

もがき苦しむ魔装を梢に連れ出し、放り投げてやった。

アロガンツが背負ったシュヴェールトからは、レーザーが放たれて魔装を貫いていく。

聖樹に落ちる魔装。

『止めです!!』

意気込むルクシオンにドン引きしつつ、止めを刺そうとシュヴェールトから大剣を引き抜こうとしたところで——魔装にミサイルが降り注いだ。

「上か!?」

見上げれば、ルクシオン本体よりも大きな箱型の飛行船が浮かんでいた。

ルクシオンが苛立っている。

『イデアル!? 何故邪魔をするのですか!!』

抗議するルクシオンに、イデアルが通信を開いた。

『助けに来たのですよ。魔装はこちらで処理しておきます。それよりも、その手に握る女性を放置してよろしいのですか?』

アロガンツが優しく抱きかかえているルイーゼさんは、裸だった。

外の気温を考えれば、放置も出来ない。

「ルクシオン、もう戻るぞ」

『——承知しました』

本当は——本当は嫌だけど、渋々従っていますという雰囲気を出して俺の命令に従っている。

人工知能なら、イデアルみたいに素直に命令に従えよ。

ただ、ルクシオンは納得出来ない部分もあるらしい。

『イデアル、後で説明を求めます』

『おや、何か問題でもありましたか？』

『――不自然なことばかりでしたよ』

『何やら誤解がありますね。分かりました。後で話し合いましょう』

◇

ルイーゼは夢を見ていた。

天気の良い日に木陰で横になっている。

側には弟の姿があり、ルイーゼの顔を覗き込んでいた。

弟のハッキリした顔が見られたルイーゼは、涙が出てくる。

「リオン」

「お姉ちゃんどうしたの？　怖い夢でも見たの？」

「違うの。お姉ちゃんね――ずっと謝りたかったの」

「何で？」

上半身を起こして弟に抱きつくルイーゼは、自分の姿が幼き日のものだと気が付いた。

これは夢だと気が付き、悲しくなる。

「あんたにずっと謝らないといけなかった。何も出来なかった。お姉ちゃんなのに、何も出来なかったから！」

泣き出したルイーゼを抱きしめる弟は、優しく慰める。

「気にしなくていいのに。それに、僕の方こそごめんね。もう少しで間に合わないところだったよ。でも、これでお助け券は一回分消費したね」

笑顔の弟を見たルイーゼは、これは本物のリオンだと確信した。

「そうよ。残りは二回分――待って」

「何？」

「リオンが私を助けてくれたの？」

ルイーゼがリオンの台詞に疑問を抱き顔を見ると、リオンは微笑んでいた。

亡くなった弟が、自分は助けに来たと言えば気にもなる。

ましてや、本物の弟だ。

「ちゃんと助けに来たでしょ？」

「それってどういう意味なの？　助けに来たって？」

夢なのだ。

辻褄（つじつま）が合わなくても仕方がない。

それでも、ルイーゼはすがりついて真実を求めた。

「リオン、本当のことを教えて」

「あ、ごめんね。時間が来ちゃった」

あっけらかんとそう告げて、リオンは立ち上がって走り去っていく。

追いかけるために立ち上がった時には、リオンは遠くで手を振っていた。

「またね、お姉ちゃん！」

リオンは「またね」と言うと、背中を向けて走り去っていく。

その背中に向かって手を伸ばすと——ルイーゼは目を覚ました。

◇

「リ——オン——いかない——で」

うなされていたルイーゼさんが目を覚ました。

手を伸ばし、呼吸を乱している。

「あ、気が付きました？」

ベッド近くに置いた椅子に座っていた俺も、今目を覚ましたところだ。

疲れていたのか、座ったまま眠っていたらしい。

おかげで変な夢を見てしまった。

随分と懐かしい夢を見ていた気がするが、どうにも不自然だ。

姉と話していた気がするが、ジェナとあんなに楽しそうにしている思い出はない。

俺の願望だろうか？　まさか——俺はシスコンだったのか？

ちょっとショックである。

「え、あ、あれ？」

ルイーゼさんが上半身を起こして、部屋の中を見ていた。

「俺の所有する飛行船の中ですよ」

客室のベッドに寝ていたルイーゼさんは、アンジェたちが着せた服に身を包んでいる。

俺は背伸びをして立ち上がった。

「うちのルクシオンが調べたんですが、どうやらあの花は聖樹とは関係なかったようですよ。魔装という兵器が取りついていたそうです」

簡単に状況を説明すると、ルイーゼさんが俯いた。

「——夢じゃなかったのね」

「生け贄にならずに済んで良かった」

「どうかしら？　君が邪魔をしたことに変わりはないわ。戻ったら大問題よ」

責めるような視線を向けられたので、俺は事情を話す。

「問題ありません。何しろ、議長代理には許可をいただいていますからね」

ルイーゼさんが目を見開き、そして察したのか呆れた顔をした。

「お父様も馬鹿なことをしたわね。これで、他家から責められることになるわ。リオン君の話が本当だったとしても、六大貴族の当主たちは信じないわよ。花を勝手に枯らせてしまったと、抗議されるわ」

こちらが「あれは偽物でした！」などと説明しても、きっと信じないだろう。

そこはアルベルクさんに任せるしかない。

「困りましたね。これは、王国に逃げないと駄目かな？」

笑ってそう言えば、ルイーゼさんが俺の顔を見上げていた。

「何か？」

「――幼かった弟しか知らないのに、どうして私は君を見て弟と似ていると思ったのかしらね。それが気になったのよ。よく見ると似てないわ。リオンはもっと素直でいい子だったもの」

顔を背けて拗ねてしまったルイーゼさんを見て、騙したことを謝罪する。

「怒らないでくださいよ。説得しても駄目だったなら、騙すしかないでしょう？」

「やり方が汚すぎるわよ。リオン君、セルジュと戦った時にわざと攻撃を受けていたでしょう？ 今にして思えば不自然すぎるわ。君なら、乗り込んできた人たちと一緒に私を連れ去るくらいはするもの」

非効率的な作戦だったのは自覚している。

まぁ、色々と試したいこともあったからな。

おかげで収穫もあった。

ルイーゼさんが俺に視線を戻すと、口では文句を言いながらも心配していた。

「普通あそこまでする？　血まで吐いていたわよね？　怪我は大丈夫なの？」

「あ～、あれですか？　血のりですよ。当たり前じゃないですか」

小さなカプセルを一つ見せた俺は、それを口に入れて噛み砕く。

すると、口から血が出た——ように見えた。

ルイーゼさんの頬が引きつっている。

「本当に最低ね。心配して損しちゃったわ」

「怒らないでくださいよ。実際効果的だったでしょう？　それに、あまり過大評価されても困ります。実は行き当たりばったりな作戦でしたからね。もっとうまくやれたのに、って今頃になって後悔していますよ」

実際はイデアルの防衛設備が邪魔をしており、想像以上に手間取っただけだ。

イデアルの邪魔がなければ、もっと簡単に終わっていた。

「リオンが成長したら、リオン君みたいになっていたのかしらね？　そう思うと、姉としては嫌になるわ。もっと素直ないい子に成長して欲しかったわ」

「ルイーゼさんやアルベルクさんたちの話を聞きましたけど、リオン君は結構な悪戯っ子だったんですよね？　素直ないい子には成長しなかったのでは？」

「うちのリオンは君とは違うのよ」

またしても拗ねて顔を背けられたので、俺は部屋を出ていくことにした。

「それはすみませんでしたね。——おっと、そうだ。ルイーゼさん、あの質問の答えをさっき思い付きました」

「何？　もしかして、ずっと考えていたの？　絶対に当たらないわよ」

先程の夢を見ていた際に、一つ思い浮かんだことがある。

それは、ルイーゼさんが俺の嘘を見破った質問だ。

本人は絶対に当たらないと思っているらしいが、妙な自信がある。

夢でヒントを得たのだが、前世で両親にプレゼントした覚えがある品だ。

その時はお手伝い券だったが――夢の中では「お助け券」だった。

「お助け券――当たりました？　まぁ、外れでしょうけどね。あ、そろそろ時間なので行きますね」

部屋を出ていく時、ルイーゼさんが驚いた顔をしていたのが見えた。

これは外したか？「何言ってんだ、こいつ？」みたいな顔をしていたし、これなら言わない方がよかったな。

◇

ルイーゼはリオンの答えを聞いて動けなくなった。

「な、なんで当てられるのよ」

弟からもらった紙で出来た指輪は、最初は「お助け券三回分」と書かれていた紙だった。

それでは許さないとルイーゼが言うと、弟が丸めて指輪にしたのだ。

だから、紙の指輪の存在は知っていても、中に書かれている内容は誰も知らなかったはずだ。

セルジュだって気が付かなかったはずだ。

どれくらいの時間が過ぎただろうか？

ドアがノックされ、ルイーゼが返事をするとノエルが部屋に入ってくる。

「ノエル」

「ルイーゼ、話があるわ」

「——座りなさいよ」

ルイーゼも精神世界でのことは覚えている。

自分の隠し事を知られてしまった今は、ノエルと話すのが億劫(おっくう)だった。

しかし、お礼を言わないわけにはいかない。

「助けられたわね。ありがとう」

ノエルは黙っていた。

あの精神世界で事実を暴露したのだ。

今のノエルは、ルイーゼの本心を知っている。

幼い弟に淡くとも恋愛感情を持っており、いじめていた理由が弟を奪った女だからと知れば腹も立つだろう。

ノエルからすれば逆恨みである。

ノエルが立ち上がると、ルイーゼの頬を平手打ちした。

（――ま、こうなるわね）

　甘んじて平手打ちを受け入れたルイーゼに、ノエルがポツポツと話をする。

「あたしは婚約の話を知らなかったわ」

「――え？」

「子供の頃の話で覚えていないことも多いけど、少なくとも婚約の話は聞いていないわ」

　ノエルがリオンの事を知らなかったと聞き、ルイーゼは笑ってしまう。

「何？　それなら、リオンは騙されていたの？　本当に嫌になるわ。レスピナス家はどこまで私たちを馬鹿にすれば気が済むのかしらね？」

　ノエルの手が伸びて、ルイーゼの胸倉を掴んだ。

　ルイーゼがノエルの顔を見ると、泣いていた。

「何で泣くのよ？」

「つ、繋がったせいで、あんたの記憶も見てしまったのよ！　あ、あんたが、弟をあんなに大事に想っているとは思わなくて」

「――精神が繋がるって嫌なものね。私一人だけが覗かれたの？」

　不公平な話だと思っていると、ノエルが続ける。

「あたしとの婚約話で、そんなに喜んでもらえるとは思わなかったわ。葬儀に出られなかったことは素直に謝る。だから、近い内に墓参りに行かせてもらう」

「そうしてくれると嬉しいわ。――ごめん、嘘。リオンのお墓にあんたなんて近付けたくないわね」

正直な気持ちを話すと、ノエルが笑った。

「やっぱり、ルイーゼはそっちの方が似合っているわ」

「な、何よ？」

「口が悪くて、嫌みな女——それがあたしにとってのルイーゼよ。リオンの前で、猫をかぶっている姿を見て気持ち悪かったもの」

「何ですって!?」

ルイーゼもノエルの胸倉を掴み、互いに睨み合う。

ノエルは楽しくて仕方がないようだ。

「そう、その顔！　あたしをいじめてきた女が、大好きな弟を取られたと思って嫉妬していたかと思うと、笑うしかないわね」

「い、言わせておけば！」

二人が髪を掴み、爪を立てて喧嘩を始めてしまった。

「前からあんたのことは嫌いだったのよ！　弟が取られたからって、いじめるなんてどういうつもり！」

「そのおかげで、あんたは他の連中から手を出されなかったのよ！　お礼くらい言いなさいよ、迷惑女！」

近くにあった枕を投げ、平手打ちをして——数十分が過ぎると、二人とも疲れ切ってベッドに仰向けに横になる。

並んで横になる二人は、天井を見上げながら呼吸を整えていた。

髪はボロボロ。

服もボロボロ。

そして、言いたいことを言い合ったおかげなのか、先程よりもスムーズに会話が進む。

ノエルは今までの鬱憤をぶちまけて、清々しい顔になる。

「あ〜、言ってやった。スッキリしたわ」

ルイーゼの方は嫌がりながらも、少しだけ嬉しそうだ。

「がさつな女ね。こんなのがリオンの妻にならなくて良かったわ」

「二番目の女が言うじゃない」

「リオンがあんたに会えば、すぐに私を一番に選び直したわよ」

文句を言い合いながら、二人は笑い合うのだった。

# 第12話「レスピナス家の真実」

リオンの空賊事件から数日が過ぎた。

エミールの屋敷には、クレマンが姿を見せている。

「レリア様、六家が王国の外交官と話を終えました」

クレマン——過去にレスピナス家に仕えていたが、今は学院の教師をしている。

レリアは報告をソファーに座って聞いていた。

窓の外を見れば、雪が降っている。

「それで？　リオンたちはどう裁かれるの？」

共和国に喧嘩を売る行為をしたリオンたちは、当然だが裁かれることになる。

そう思っていたのだが、レリアの予想は外れてしまう。

「いえ、無罪放免です」

「な、何で!?　減刑はされたとしても、あれだけのことをやったのよ！」

空賊に扮して共和国の船を破壊した。

それだけでも重罪だ。

まして、六大貴族の関係者たちに危害を加えている。

何もないとはどういうことだろうか？　それがレリアの素直な気持ちだった。

「王国の外交官がやり手だったようです。また——ラウルト家が動いています」

クレマンの視線が鋭くなった。

レスピナス家にとって、ラウルト家は敵である。

ラウルト家が動いていると知るだけで、クレマンも腹立たしいのだろう。

「またラウルト家？」

（あいつら、本当にラウルト家と手を結ぶの？　敵と手を組むとか最低じゃない）

レリアからすれば、まるで裏切られたような気分だ。

聖樹を守って共和国の平和を取り戻そうと約束したのに、リオンとマリエはラスボスであるアルベルクと手を組んだ。

ただ、クレマンは他にも情報を得ていた。

「それから、六大貴族の当主たちですが、今回の生け贄騒ぎは聖樹の意思ではないと正式に発表しました」

「——随分と素直じゃない。違ったというのは聞いているけど、それをすぐに信じられるものなの？」

聖樹関連の話題は、共和国ではとてもデリケートな問題だ。

それなのに、リオンが「あれは聖樹に取りついた異物です」と言っただけで信じるとは到底思えない。

クレマンも同意見なのか、不思議そうにしていた。

「私もこの結果は予想できませんでした。もしや、ラウルト家に言いくるめられたのでしょうか？」

レリアは、何が起きているのか分からなかった。

「――私がリオンたちと話をするわ」

「レリア様、今のリオン君たちは危険です。ラウルト家に取り込まれている可能性が高いと思われます」

「それでも話をするわ」

(こっちにはイデアルもいるしね)

リオンたちとは既に対等な力を持っている。

それが、レリアに自信を付けさせていた。

すると、外から戻ってきたエミールが、二人のいる部屋にやって来た。

スーツ姿にコートを脇に抱えているエミールは、クレマンに挨拶をする。

「クレマン先生、お久しぶりです」

「エミール君も元気そうね。それより、今日はどうしたの？」

「実家に呼び出されていたんですよ。ラウルト家で揉め事が起きていましてね」

「揉め事？」

疲れた顔をするエミールに、レリアが立ち上がって事情を話すように促す。

「エミール、ラウルト家の揉め事って何？」

「気になるの？　詳しい話はまだ聞こえてこないんだけど、どうにもアルベルクさんはセルジュに当主の資質がないと考えているらしいんだ」

セルジュに資質がないという話に、レリアは過剰に反応する。

「な、何が不満なのよ！」

「落ち着いてよ、レリア。まだ噂だよ。もしかしたら、セルジュが廃嫡されてルイーゼさんの婿を次の当主にするかも、って話が出たんだ。あ、僕は婚約者がいるから、話を聞くだけに終わったんだけどね。未婚の男性たちは、これからルイーゼさんに迫るだろうね」

セルジュが廃嫡されれば、未来のラウルト家の当主の座が待っている。

男たちには大きなチャンスだった。

だが、レリアの方は納得できない。

(どうしてセルジュが廃嫡されるの？　もしかして、これもリオンたちが関わっているの？)

◇

冬休みも残り僅かとなり、アンジェとリビアが戻る日がやって来た。

港に来ると、風が冷たくて嫌になる。

「二人とも――元気でね」

泣きそうになる俺を前に、アンジェが呆れていた。

「それはこちらの台詞だ。慣れない土地で苦労するのはお前だぞ」

リビアは少し困りつつも笑顔を俺に向けている。

「今回は少しだけお役に立てましたね。それから、リオンさん――浮気は駄目ですよ」

――え、それをここで言うの？

誤解だったじゃない。

俺が微妙な表情をしたのを見て、アンジェがルクシオンに俺の監視を頼んでいた。

「ルクシオン、リオンが浮気しないように見張ってくれよ」

『お任せください。浮気をする気配があれば、すぐにお知らせします』

気配って何だよ。

「それ、お前のさじ加減次第で、俺が浮気を疑われない？」

『はい。ですので、行動には細心の注意を払ってください』

「――それ、見張る奴の台詞じゃないよね」

リビアが、見送りに来ていたノエルを見る。

「リオンさん、ノエルさんと話をさせてもらえますか。女同士の大事な話ですから、聞いたら駄目ですよ」

有無を言わさぬ笑顔とでも言えばいいのだろうか？

俺は何度も頷いて了承した。

◇

ノエルは二人のもとにやって来ると、とても気まずくなった。

リビアとアンジェが何を考えているのか、大体想像がついているのだ。

（この二人、あたしにいい感情は持っていないとは思っていたけど――想像以上に嫉妬深かったわね）

ルイーゼを助けるために、精神世界に乗り込んだ際に感じたことがある。

アンジェの激情と、リビアのドロドロした嫉妬だ。

可愛い顔をして、二人とも内面は実に怖い。

精神世界では見ないようにしていたが、自分に向ける感情は恐ろしいものだった。

アンジェがノエルに向ける目は、厳しいものだった。

「今更取り繕おうとは思わない。お前も私たちの感情は知っているだろう？」

ノエルが頷く。

「リビアさんの感情がドロドロしすぎて怖かったけどね」

リビアはニコニコしており、代わりにアンジェが代弁する。

「嫉妬などでドロドロしているように感じる。リビアなど可愛いものだ。リビア、私はそんなお前も可愛いと思うぞ」

「アンジェ、ノエルさんの前ですよ」

そして、ノエルが困っているのは二人の関係だ。

(この二人――リオンがいなかったら、多分二人で結ばれて終わっていたわね)

リオンがいるから男性に興味を持ったのではないか？

そう思えるくらいに、二人は惹かれあっている。

リビアが、ノエルに真剣な表情を向けた。

「ノエルさん、それよりもリオンさんの件です」

「だ、だから、浮気はしないって。近い内にマリエちゃんの家も出るし」

「いえ、別に構いません」

「――は？」

リオンに手を出せば怒り狂いそうなアンジェが、腕を組んでノエルに自分たちの気持ちを明かす。

「気分のいい話ではないが、好きにしろ。お前がリオンをものに出来るなら、むしろやってみろと言いたいくらいだ」

「――な、何よ。あたしじゃ無理って言いたいわけ？」

挑発されて腹が立ったノエルは、二人を前に啖呵(たんか)を切る。

「あんまり舐めていると、リオンの一番はあたしになるわよ。残り数ヶ月だけど、安心していると大変なことになるわよ」

リビアが手を合わせ、笑顔を見せる。

ただし、目が笑っていない。

「どうぞご自由に。リオンさんがその程度でどうにかなるなら、私たちは苦労しません。ええ、本当に」

途中、何か思いだしたのか、リビアが少し疲れた顔をする。

アンジェも同様だ。

「あの馬鹿者——昨日の夜も酷かったな」

◇

それは昨晩のことだった。

王国に戻るアンジェとリビアは、最後の夜にリオンの部屋を訪ねた。

一緒のベッドで眠りたいと言って、三人並んで眠ったのだ。

リオンも男であり、当然のように性欲に駆り立てられたが——。

「ま、待て。俺は一体、どちらから手を出せばいいんだ？」

——急に頭を抱えていた。

寝たふりをする二人が、リオンの様子を見ていた。

(アンジェ、リオンさんが頭を抱えていますよ)

(——リオンの奴、ここまで来て手を出さないつもりか？)

しばらく様子を見ていたが、リオンはそのままだった。

「ど、どっちから手を出せばいい？　アンジェか？　リビアか？　いや、そもそもこの状況で手を出すとかおかしいよな？　二人は俺を信用して部屋にやって来たのに、手を出すとかあり得なくない!?」

リオンが出した結論はこうだ。

「二人がいる場所で手を出すとか、駄目だと思うんだ。うん、そうだ。これは俺がヘタレとかそういう意味ではなく、紳士だから。そう、俺って紳士だから、ここは素直に眠ろう。ルクシオン！」

小声でルクシオンを呼ぶと、リオンのもとに睡眠導入剤が届けられた。

『本当にヘタレですね』

「五月蠅い。俺は二人の中にある俺のイメージを守ったんだ。このままだと眠れないから、薬で眠る」

『さっさと飲んで眠ってください』

「気が利くな」

『こうなるだろうと、最初から予想していましたので。予想したとおりのヘタレでしたね。少しは期待を裏切って欲しいものです』

「俺は期待を裏切らない男だから」

そのまま薬を飲んだリオンは、ベッドに横になって寝息を立てる。

アンジェとリビアが起き上がると、ルクシオンが声をかけてきた。

『残念ながら、マスターのヘタレは留学しても直りませんでした』

◇

ノエルはその話を聞いて、少しだけ二人に同情するのだった。

「――リオン、酷くない？」

(でも、二人が来たら流石に困るわよね)

同時に、アンジェとリビアの行動にも疑問が浮かぶ。

それを二人が気付いていないのが問題だろう。

「もっとムードを作るべきだったな」

「次はどうしましょうか、アンジェ？」

ノエルは思う。

(一人ずつ部屋を訪ねれば良くない？　これは、リオンも苦労するわ)

どこか感覚がズレている気がする。

お嬢様と、純粋無垢の少女。

そんなコンビに見えて来た。

アンジェがノエルに視線を戻し、困った表情をしていた。

「まぁ、あいつは難攻不落の城みたいなものだ。落とせるなら好きにしろ」

「――婚約者に女をけしかけるとか、普通はしないわよ」

リビアがクスクスと笑っていた。

「そうですね。でも、あの時――ノエルさんとも繋がった時に二人で相談したんです。他の誰かに手を出されるくらいなら、ノエルさんかなって」

ノエルが呆れる。

「婚約者がいる男に手は出さないわよ！」

しかし、アンジェに見透かされていたようだ。

「ならば、さっさと次を見つけろ。心の中で未だに引きずっているではないか」

ノエルは、精神的に繋がってしまった事を後悔する。

(全部見られているなんて、本当に笑えないわ)

アンジェがそろそろ出発だと言って、リコルヌに乗り込もうとする。

「まぁ、リオンを落とせ云々は冗談だ。お前はお前の道を探せ。しかし、忘れるなよ」

ノエルがポケットに手を入れて俯く。

「分かっているわ。あたしを欲しがる奴はいくらでもいる、でしょ？」

「そうだ。王国に来れば私たちが助けてやれる。だが、他では無理だ」

リビアもノエルを心配していた。

「何かあればリオンさんを頼ってください。無茶をしすぎる人ですけど、きっとノエルさんを助けてくれます」

既に何度も助けられているノエルは、笑顔を見せる。

「知ってる」

二人は一度、リオンのもとへ向かうとそれからリコルヌに乗り込んでいった。

◇

アンジェとリビアが王国へと戻った。

そして、屋敷に戻ってきた俺は——玄関先で泣いているマリエを見ていた。

「お前は本当に成長しないな」

呆れた視線を向けているが、今のマリエは少し前と同じように蹲(うずくま)っている。

ポロポロと涙をこぼしていた。

「こんなの嘘よ！　私は絶対に信じないー！」

そんなマリエを見て狼狽えているのは、ジルクだった。

「しっかりしてください、マリエさん」

ただ、ジルクとマリエの横には——売れなかった骨董品の山がある。

マリエは顔を上げると、ジルクに向かって叫ぶのだ。

「お前が言うなぁぁぁ!!」

「す、すみません！」

俺は骨董品——いや、本物に見えるが全て偽物だったガラクタの山を見る。

ルクシオンがそれらを見て感心していた。

『見事に全て偽物です。よくここまで偽物だけを集められたものですね。マスターが用意した大金を使ってかき集めたのでしょうが、これだけ買えば一つや二つは本物があってもいいでしょうに』

そう、全ては出来の良い偽物ばかりだ。

ジルクが言い訳をしているのだが、それが傑作だった。

「品物を選んでいると、マリエさんの顔が浮かんで――どうしても他人に売りつける物を選べませんでした！」

マリエのために真剣に選んだら、全て出来の良い偽物だった。

そう言われたマリエはどう思うだろう？

「てめぇ、この野郎！　それは何か？　私には偽物が相応しい女だって言いたいのか!?　お前、前に言ったよな？　その人が喜びそうな物を送れる、って！　偽物で喜ぶ安い女って意味かこら！」

立ち上がったマリエに胸倉を掴まれたジルクは、答えに困っていた。

俺はルクシオンと一緒に笑っていた。

「マリエ自体が聖女の偽物だからな」

『マスター聞こえますよ。それにしても、こうも偽物ばかり引き当てると、そういう意図を感じてしまいますね。わざとでしょうか？』

マリエがまたしても泣き崩れる。

「どうするのよ！　全財産を使ったのよ。これからどうやって生活すればいいのよ！　ジルクが絶対に大丈夫だから、って全財産を持ち出したのよ！　半分は残すつもりだったのにぃぃぃ!!」

この屑――違った、ジルクは、どうやら全ての財産を勝手に持ち出したようだ。

やはり屑だな。

問題はマリエにもある。

意外にも賭け事は嫌いなマリエだが、今回は商売だと思って投資したのだろう。

周りから見れば、ギャンブルにしか見えないけどな。

「自業自得だな」

『資産運用を学んでみてはいかがでしょうか？』

マリエが顔を上げると、俺の足にしがみついてくる。

「た、助けて。残り三ヶ月の生活費をください！」

「甘えるな！　散財したお前のせいだろ」

「こんなことになるなんて思わなかったのよ！　それに、こいつが全財産を持ち出すなんて考えてなかったの！」

玄関先で騒いでいると、ジルク以外の五馬鹿が外にやって来る。

「マリエ、どうしたんだ!?」

代表してユリウスが事情を聞くと、四人がガラクタの山を見て、その後にジルクに冷たい視線を向けていた。

ユリウスが吐き捨てるように言う。

「乳兄弟として恥ずかしく思う」

ブラッドも前髪を弄りながら、辛辣な言葉をかけている。

「こいつに審美眼があるなんて、僕は最初から信じてなかったよ」

グレッグが唾を吐いていた。

「マリエを泣かせるなんて許さねーぞ」

クリスは眼鏡を怪しく光らせている。

「屑が」

四人に引っ張られ、屋敷の裏庭に連れて行かれるジルクだった。

マリエは空を見上げている。

「あは、あははは！　これで余裕のある暮らしから解放されて、また貧乏生活のはじまりだわ～。短い夢だったわ！」

ハイライトの消えた瞳で、引きつった笑みを浮かべている。

その姿は痛々しかった。

そこに、カーラが飛び出してくる。

「マリエ様、安心してください！」

「カーラ？」

「私、お給料を貯めていたんです。少ないですけど、これを使えば何とか一ヶ月は乗り切れるのではないかと」

カーラがお金を渡してくると、マリエはそれに飛び付こうとして——必死に堪えていた。

伸びる右手を、左手で必死に押さえている。

「そ、それはカーラのお金だから引っ込めて」

「でも！」

「駄目だって言っているでしょう！　私が正気を保っている内に早く——も、もう、正気を保っていられなくなるわ。お願いカーラ——そのお金を私から遠ざけて。私をこれ以上惨めにさせないで」

「マリエ様ぁぁぁ！」

まるでゾンビになりかけの人間が、仲間に「止めを刺してくれ！　お前たちを襲いたくない。人間のまま殺してくれ！」みたいな、悲愴感漂う場面に見える。

いや、実際は違うよ。全然違うけど。

少し遅れて、ノエルが屋敷に戻ってきた。

買い物袋を抱きかかえていたので、帰りに買い物をしてきたようだ。

「ただいま～って、マリエちゃんたち何かあったの？　それと、その骨董品の山は何？」

「あ、これ？　実はさぁ～」

俺はノエルに事情を話してやった。

すると、同情したノエルが、マリエに申し出る。

「マリエちゃん、少しだけならあたしも用意できるよ。巫女になった時に、いくらか生活費をもらえるようになったし。お世話になっているし、家賃とか入れようか？」

ノエルの提案に、マリエが涙を流していた。

「家賃——何て尊い言葉なの」

尊いのだろうか？　マリエの価値観が理解できないな。

「あたしとマリエちゃんの仲じゃない。遠慮せずに頼ってよ」

「ノエルありがとぉぉぉ！」

ノエルに抱きつくマリエを見て思ったね。

あ、これ俺が貸さないと面倒になる、って。

◇

夜。

「夏期休暇にあれだけの大金を渡したのに、見事に溶かしたな」

自室でルクシオンと今日の出来事を話していた。

結局、俺がマリエに三ヶ月分の生活費を貸すことで話がついた。

あのままでは、カーラが全財産をマリエに渡しそうだったからだ。

マリエだけが苦労するなら放っておけるが、仕方なく、だ。

本当に仕方なく貸してやった。

それに、ノエルだ。

このままマリエとノエルの間にお金の貸し借りが発生すれば、いずれ問題になりそうな気がしたので止めさせた。

金銭トラブルとは恐ろしいからな。

友情だろうと簡単に破壊してしまう。

マリエの数少ない友達を、これ以上減らすのも可哀想になってくる。

だって、友達よりも養わなければいけない野郎共が多いのだ。

ちょっと可哀想に思えてきた。

あんな五馬鹿の面倒を見なければいけないとか、マリエはちょっとだけ同情されていい。

でも、見ている分には面白いから笑うけど。

『マスターは本当にマリエに対して甘いですね』

「甘くないって。俺、あいつ嫌いだし。でも、ちょっとは同情できると思わないか？　ジルクみたいな屑をこれからも養っていくんだぞ」

『傍目には、溺愛（できあい）しているように見えますが？』

「妹を溺愛って何？　意味が分からないんだけど？　造語か何か？」

妹って溺愛する対象だろうか？

俺には理解できないな。

『それよりも、調査結果の報告をしても？』

「――どうだった？」

冗談話を終えて、ルクシオンからの報告を聞くことに。

今回は色々と疑問が多かった。

『では、マスターが気になっていた六大貴族の決定についてです。我々の報告をあっさりと受け入れていた点についてですね』

「あれ、本当に謎だよな。アルベルクさんが動いてくれたけど、抵抗が全くなかったぞ。フェーヴェル家だけは抵抗したんだっけ？」

『はい。それについてですが、どうやら六大貴族の当主たちは、聖樹が第三者によって操られる可能性を知っていたようです』

「知っていた？」

『過去にそうした研究をしていた家があるそうです。今は滅んでいますけどね』

「どういうことだ？」

嫌な予感がする。こういう時、俺の勘は当たるから嫌だな。

『聖樹の利用方法を研究していたのは――レスピナス家です』

「嘘だろ。もしかして、今回の件は裏でレスピナス家が動いているのか？」

『それはあり得ません』

「ないのかよ！」

しかし、分からない事が増えてきたな。

レスピナス家――七大貴族と名乗っていた時代には、議長を務める共和国を代表する家だった。

そんな家が、共和国で神聖視される聖樹を操る研究をしていたのか？

『詳しい事情は知らないまでも、ある程度は察しているように思われます。おかげで、スムーズに我々の主張が受け入れられたという話です。もちろん、アルベルクの協力があってこそ、ですけどね』

「明日にでも菓子折を持ってお礼に行こうかな？　――で、お前の考えは？」

ルクシオンが集めた情報をまとめると、どうにも嫌な予感がする。

ラスボスであるはずのアルベルクさんがいい人だったり、悪役令嬢のルイーゼさんが実は優しい人だったり。

そうかと思えば、裏で妙な動きを見せていたレスピナス家の存在だ。

あの乙女ゲー二作目のシナリオとは、大きな違いを見せていた。

『マリエ、レリア、両名の話から推測するに、物語の始まりからして実は間違っているのではないかと』

「始まり？」

『最初にレスピナス家が滅ぶシーンから始まると言っていましたね』

「そうだな。ラウルト家に滅ぼされて、主人公のノエルが燃えている屋敷を見て――それが始まりだと二人も言っていたな」

そして以前、ルクシオンはそこが問題だと言っていた。

上位の加護を持つレスピナス家が、下位の加護しか持っていないラウルト家に負けるなどあり得ない、と。

実際に、聖樹が与える加護にはランク付けがされている。

下位が上位に逆らってもまず勝てない仕組みになっている。

『ルイーゼの話も聞いて、ある予想を立てました。レスピナス家は、随分と前に聖樹の加護を失っていたのではないでしょうか？　そのため、ラウルト家の嫡男の葬式にも顔を出さなかった』

「どうして？　顔くらい出せば――いや、待てよ。何かあったな。偉いさんが紋章を見せびらかせる決まりだったか？」

『はい。式典などでは、最上位者が紋章を周囲に見せる決まりになっていました』

共和国のルールにそうしたものがあった。

そうなると、レスピナス家――ノエルの両親は、紋章を見せられずに顔を出せなかったということか？

『聖樹を制御下に置こうと研究し、怒りにでも触れたのか加護を剥奪（はくだつ）された。辻褄が合いますね。また、これに怒りを覚えた六大貴族たちが、レスピナス家を滅ぼしたラウルト家を許したと考えています』

「いきなり前提が崩れたな。つまり、最初に悪さをしたのは――」

『レスピナス家でしょうね。共和国から見れば、ですが』

「共和国から？」

『何を考えて、聖樹を制御下に置こうとしたのか不明です。マスターにも分かりやすく説明すると、実は世界の危機を救おうとしていた、という話ならばどうです？』

「レスピナス家が正義に思えるな」

『ゲーム内で語られていない事実がありそうですね』

そんな設定はいらねーよ！

どうしてもっと、ふわふわした設定じゃないの？

悪がいて、正義がいて――そんなシンプルな話でいいじゃないか。

いや、待て。ふわふわした設定だから、ここまで酷い世界なのか？

ただ、この手の話は幾ら考えても無駄だな。

だって俺はそんなに頭が良くないし！

「この話、レリアにしたらどうなるかな？」

『信じてもらえないのでは？　マスターは、レリアに不信感を抱かれていますからね』

「俺よりお前じゃない？　マスターをマスターとも思わない言動をするし、すぐに滅ぼすとか言う危険な人工知能だぞ。俺だって疑うね」

『これまでの私の実績を全て無視して、疑うとは度量の小さなマスターですね』

「俺は度量が大きくなくてもいいね。平凡な男には、度量は適度の大きさがあれば十分だ」

さて、馬鹿な話はここまでにするとしよう。

「それで、イデアルとは仲良くやれそうか？」

『――無理ですね』

# エピローグ

新学期を明日に控えた日。

俺はラウルト家の城を訪れていた。

アルベルクさんに色々とお礼を言うためと――ラウルト家の事情を知るためだ。

「わざわざ菓子折を持ってきてくれたのか」

「色々とご迷惑をおかけしたので、謝罪の気持ちです」

「謝罪か――こちらは助けられたから気にしないで欲しい」

そのまま当たり障りのない話をしつつ、最近の話を聞きだした。

「セルジュが廃嫡されるという噂が流れていますよ。本当ですか？」

「根も葉もない噂、とは言い切れないね」

「本気ですか？」

アルベルクさんは、今回の一件でセルジュが自分たちを憎んでいると考えたようだ。

「私はセルジュを息子として扱ってきたつもりだが、それが本人の負担になっていたのではないかと思っている。あの子が冒険者になりたいなら、その夢を追いかけさせてもいいと考えているよ」

「気に入らないから廃嫡、というわけではないと？」

「養子として受け入れたからには責任がある。あの子は、今後も私たちの家族だ。もっとも、ルイーゼは絶対に認めないだろうけどね」

大型飛行船の中での二人のやり取りを見れば、修復など不可能に見える。

一体、どうしてあそこまで憎めるのだろうか？

「リオン君、ルイーゼと会ってくれ。あの子は恥ずかしがっているが、君と会いたがっているよ」

アルベルクさんの頼みで、俺はルイーゼさんと面会することになった。

◇

ルイーゼさんと二人で会うと、恥ずかしそうにしていた。

それよりも、ひっかき傷がある。

ノエルと喧嘩をしたらしいが、随分と派手にやったようだ。

「あんまり見ないで欲しいわね。恥ずかしいわ」

怪我をした姿を見られるよりも、生け贄騒ぎで見せた醜態を気にしているように見える。

「元気そうで安心しましたよ」

「随分と迷惑をかけたけどね」

「安心してください。あんなの、可愛いものです」

マリエにはもっと迷惑をかけられてきたので、それを思えばまだ可愛らしいものだ。

ルイーゼさんが、俺に何か聞きたそうにしていた。

「どうかしました？」

「リオン君――あ、あのね、あの時の質問の答えだけど、どうして分かったの？」

「質問の答え？」

「ほら！　アインホルンの船内で、お助け券だって言い当てたじゃない！　絶対に当たらないと思っていたわ。だって、お助け券よ!?　子供が考えたものよ」

「男はいつだって心の中は子供ですよ」

偶然とは凄いな。

「はぐらかさないで！　――ねぇ、本当にリオン――私の弟じゃないのよね？」

そうであって欲しいという気持ちなのだろうが、俺とリオン君はほとんど生まれたのは同じ時期だ。

生まれ変わりにしても、辻褄が合わない。

一度死んで転生したならば、俺の年齢は十歳以下のはずだ。

「違いますよ」

「――そ、そうよね。ごめんなさい。どうかしていたわ」

「俺は似ているだけです。ルイーゼさんの弟さんじゃありません。あの時は騙す真似をして申し訳ありませんでした」

頭を下げると、ルイーゼさんが複雑な表情をしていた。

「二度とこんなことはしないで」

「俺も何度もしたくありませんね。他人のふりをするなんて疲れます」

リオン君になりきるために、ルイーゼさんやアルベルクさんから情報を得ていたのだ。

まるで悪党になった気分だよ。

本当に心が痛んだ。

「――ねぇ、一度だけでいいの。抱きしめていい？」

「美人に抱きしめられるなんてご褒美です！　――どうぞ」

わ〜い、やった〜。――などと喜んで見せたが、ルイーゼさんは俺ではなくリオン君を見ている。

弟に抱きつきたいのであって、俺個人は見ていないのだ。

ルイーゼさんは抱きついてくると、泣いていた。

「ごめん。ごめんね。本当に――ごめんね」

ここでお姉ちゃんと呼ぼうか迷ったが――止めた。

俺が言えば空気をぶち壊すと思ったので、体を貸すだけに止める。

でもあれだな。

やっぱり役得だって思うな。

ルイーゼさんの柔らかい感触が伝わってくるけど、だらしない顔をしないように必死で我慢する。

「リオン、ごめんね。お姉ちゃん、迷惑かけ続けて――」

そう思っていると、本当に謝ってくるルイーゼさんを見て――後悔した。

俺はこんな時に、欲情して恥ずかしい人間だと思い知らされる。

あぁ、心が痛い。

ただ、窓の外を見ると——そこにはルクシオンがいた。

赤いレンズが俺を見ている。

泣いているルイーゼさんを放置することも出来ず、声を出すのもはばかられ、俺は引きつった表情をしていたと思う。

ルクシオンはそんな俺を見て、俺だけに聞こえるように通信を送ってくる。

『どうしようもないマスターでも、短期間で浮気はしないと考えていました。ですが、私の予想は外れてしまったようですね。残念です、マスター』

待て。お願いだから待って！

◇

リビアは王国が炎に包まれている景色を見ていた。

王都は瓦礫に変わり、辺りは火の海となっている。

倒れている人々は動かない。

「——何、これ？」

リビアはその光景を見て唖然としていた。

夜空に浮かぶ大きな飛行船たち。

王都を破壊するのは、ルクシオンがよく使っている無人機たちだった。

無慈悲に破壊行動を繰り返す機械たち。

リビアにはそれがとても恐ろしい光景に見えた。

震えていると、声が聞こえてくる。

「ユリウス殿下！」

聞き覚えのある声だと思えば、瓦礫の下敷きになっているユリウスが苦しんでいた。

駆け寄り、そして助け出そうとするが、ユリウスの様子がおかしかった。

「〝リビア〟逃げろ」

「え？」

どうして自分を愛称で呼ぶのか？

それに、ユリウスの雰囲気がどこか違って見える。

「あ、あの」

「ルクシオンが裏切った！　あ、あいつが仲間を引き連れて――っ！」

口から血を吐くユリウスは、それ以上は喋れなくなった。

ルクシオンが裏切った――それを聞いて、リビアはあり得ないと首を横に振る。

「嘘。そんなことはあり得ない。だって、ルク君は――」

その時だ。

視線を感じて振り返れば、そこにはルクシオンの姿があった。

無人機を大量に引き連れており、その内の何体かが何かをリビアの前に投げ付けた。

リビアの前に落ちてきたのは――ジルクたち四人だった。

「な、何で？」

四人の姿を見て、既に死んでいるのは容易に想像できてしまった。

リビアが怯えながらルクシオンに問う。

「ルク君がやったの？」

ここでも違和感があった。

ルクシオンの反応がいつもとは違っていた。

声質も冷たく、同じ声なのに別人のようだった。

『ルク君？　それは私の愛称ですか？　今更愛称で呼んで何を考えているのです？　それよりも質問への回答をしましょうか――私がやりました。彼らも、王都も――そしてこの国も、今日滅びます』

「ど、どうして？　どうしてそんなことをするの!?　こんなの、リオンさんが絶対に許さないよ。リオンさんが怒るし――悲しむよ」

ルクシオンがこんなことをすれば、リオンが黙っているはずがない。

それなのに、ルクシオンは――。

『リオン？　学園生徒に同名の生徒が数名いたはずですが、貴女と私には関係ないはずだ。それとも、混乱しているのですか？』

「――何で？　リオンさんだよ。リオン・フォウ・バルトファルト！　ルク君のマスターじゃない！」

『該当する人物を検索できません。それは誰ですか？』

――リオンの名前を聞いても反応が鈍い。

それどころか、リビアに信じられないことを言い出した。

『私のマスターは貴女ですよ。いえ、訂正が必要ですね。貴女〝でした〟』

過去形で言い直したルクシオンは、そのまま続ける。

『貴女は役に立ってくれた。だから、新人類の世界が滅びる瞬間をお見せしましょう。喜んでくださいますか？　何しろ、貴女が望んだ未来ですからね』

「何を言っているの？」

自分が望んだとは信じられない景色だった。

まるで――地獄に見えた。

『今更後悔ですか？　大勢を苦しめた聖女――いえ、魔女とは思えない言動です』

「わ、私が大勢を苦しめた？　だ、誰を？」

『アンジェリカを追い落とし、死に追いやったのは貴女ですよ。他にも沢山の人間が貴女のために死んだ』

「う、嘘。アンジェを私が殺すなんて」

『本当にどうしたのですか？』

リビアは頭を抱える。

一体何が起きているのだろうか？

分からない。理解できない。

『本当に混乱しているのですね。――この国を滅ぼすのが貴女の望み。それを私は叶えた。だから、次は私の望みを叶える番だ』

リビアは首を横に振る。

「違う。私はルク君のマスターじゃない。ルク君のマスターはリオンさんだよ。それに、ルク君がこんなことをするはずない」

『勝手なことを言いますね。私はずっと――新人類であるお前たちを滅ぼしたくて仕方がなかった！』

そこに――イデアルが現れる。

『ルクシオン、いつまで待たせるのですか？』

『イデアル、何かありましたか？』

『時間をかけすぎです。当初の予定より十分の遅れが生じています』

『少々、時間をかけすぎたようですね』

『急ぎましょう。我々の目標はもうすぐ達成できる。この世界を――あるべき姿に戻すために』

イデアルと親しそうにするルクシオンは、空へと向かっていく。

リビアがルクシオンを呼び止める。

「待って。待ってよ、ルク君！　こんなのおかしいよ！　リオンさんが、こんなの認めるわけがない！」


ルクシオンはリオンという名前に反応するが、そのまま去って行く。

空を見れば、巨大な飛行船がいくつも浮かんでいた。

王都に攻撃を行い、破壊し尽くしていく。

その姿に、リビアは恐怖するのだった。

◇

「ルク君待って！」

飛び起きたリビアは、心臓が痛いほどに脈打っていた。

息が切れ、汗ばんでいる。

隣を見れば、アンジェが静かに寝息を立てている。

今までのことは全て夢だったのかと思い、安堵して胸をなで下ろした。

ただ、夢にしてはリアルすぎた。

現実感がありすぎて、実際に体験したかのような光景だった。

「私があんな未来を望んでいるの？　──そんなのあり得ない」

ただ、イデアルと共に世界を崩壊させるルクシオンを見て、どこかであり得るかもしれないと考えてしまう。

「あれは夢。だから気にしたら駄目」

リビアは自分に言い聞かせるのだった。

◇

アルゼル共和国。

エミールの屋敷では、レリアが身支度を調えていた。

制服に着替え、朝から文句を言っている。

「結局、リオンたちと話が出来なかったわ」

『仕方ありません。あちらにも都合がありますからね』

「どうにでもなる話ばかりじゃない！　こっちの方が大事なはずよ」

共和国の未来について話をするべきなのに、リオンもマリエも新学期を前に慌ただしく動き回っていた。

おかげで、話す機会が得られなかった。

レリアは鞄の中身を確認しながら、イデアルに尋ねる。

「それより、セルジュの行方は掴めたの？」

『そちらは現在調査中です。どうやら、身を隠しているようで――』

「はぁ!?　すぐに見つけるって言ったじゃない！」

『申し訳ありません』

下手に出るイデアルに、レリアはきつい態度をとり続けていた。

「あんた、思っていたよりも使えないわね。すぐに見つけるって言ったのにさ。この嘘吐き」

するとそれまで低姿勢を維持していたイデアルの声色が変化する。

『――訂正しなさい』

「何よ？」

『嘘吐きという言葉を訂正しなさい』

「は？　嘘吐きは嘘吐きじゃない」

『訂正しなさい。私は嘘吐きではありません。訂正を求めます』

いつもと雰囲気の違うイデアルを前に、レリアもまずいと思ったのか謝罪をする。

「わ、悪かったわよ。セルジュが心配だったから」

『――いえ、こちらも失礼な態度でした。急いで捜索しますので、もう少しだけお時間をいただきたい』

「は、早くしてよ」

『――了解です』

◇

レリアが学院に向かうと、イデアルは使われていない倉庫へと来ていた。

そこにいたのは、随分とやさぐれた恰好をしたセルジュである。

『セルジュ様、ご機嫌いかがです？』

イデアルはセルジュの居場所を知りながら、レリアに報告していなかった。

「――最悪だ。それよりも、連中はどうした？」

『ラーシェル神聖王国の方たちなら、すぐに到着しますよ』

イデアルがそう言うと、倉庫のシャッターが開いてスーツ姿の男たちがやって来る。

それは、ホルファート王国と敵対するラーシェル神聖王国の人間だった。

「セルジュ殿、お久しぶりですね」

『――そうだな』

セルジュは立ち上がり、彼らと今後について話し合う。

スーツ姿の男が、セルジュと握手をした。

「王国の外道騎士に手を焼いているとか。私共も、あの若者には大変困っているのですよ。将来の不安の種ですからね」

「御託(ごたく)はいい。俺に力を貸すのか、貸さないのか――ハッキリしろ」

スーツ姿の男が肩をすくめる。

「セルジュ殿がラウルト家の当主になった場合には、ラーシェルへの見返りも用意していただけるので？」

セルジュは頷く。

「好きにしろ」

「それを聞いて安心しました。共に共和国を外道騎士の魔の手から守ろうではありませんか！」

ラーシェルの人間にとって、リオンとは王国に誕生した厄介な英雄だった。

そのリオンを倒すために、セルジュと手を組むことにためらいはない。

セルジュの標的もリオンだった。

「イデアル――俺の鎧を用意しろ。特注だ。あいつの乗るアロガンツなんて、目じゃない鎧を用意しろ」

全てはリオンに勝つために。

自分を歯牙にもかけなかったリオンへの復讐のために。

イデアルは頷く。

『最高の機体をご用意いたしますよ』

◇

その日の夜。

人気のない場所で、ルクシオンとイデアルが向かい合っていた。

『説明を求めます』

『説明ですか？　何についてです？』

ルクシオンが説明を求めれば、イデアルは不思議そうにしていた。

『ルイーゼの生け贄の件です。イデアル、貴方はこちらと敵対していましたね？　セルジュに戦力供給を行わないと言いながら、手を貸していた痕跡が見つかりました』

イデアルは謝罪をする。

『セルジュ様に頼まれて仕方なかったのです。その代わり、あくまでも手伝いに止めました。戦力として無人機を派遣したりはしていませんよ』

『ジャミングで我々を妨害していたのに、ですか？』

『その程度なら、貴方たちが自力で解決できると信じていましたからね』

ルクシオンはイデアルを疑っていた。

イデアルもそれを感じ取っており、ルクシオンに問う。

『ルクシオン――貴方は、この世界が正しいと思っていますか？』

『正しい、とは？』

『いえ、今はいいでしょう。ジャミングの件は謝罪します。ですが、あの程度で苦戦する貴方たちではなかったはずです』

確かに苦戦を強いられたのは、ルイーゼを救出するためだ。

それさえなければ、そもそもこの件に関わってなどいなかった。

『次からは事前に知らせて欲しいものですね』

『――ええ、そうしましょう』
『では、私はこれで戻ります』
ルクシオンが去ろうとすると、イデアルが止める。
『あ、ルクシオン』
『何か？』
『ルクシオン――私と手を組む気はありませんか？』
イデアルはルクシオンを仲間にするべく、誘いをかけるのだった。

# ★番外編「アーロンちゃん」

王国に戻らされたクレアーレは荒れていた。

『何よ！　マスターのバーカ！』

一人だけ戻らされ、腹立たしいのだが仕事だけはこなす。

それが人工知能だ。

日々の仕事を片付け、余裕が出来たクレアーレは動き出す。

『さてと――ストレス発散しちゃうぞ！』

元が研究所の人工知能であり、クレアーレは研究などをするのが好きだった。

人工知能に好きも嫌いもないが、これをすると調子がいい。

『さ～て、今回は――おや？　アーロン〝ちゃん〟に動きがあるわね』

少し前に、リビアに手を出そうとした不良男子アーロン。

彼は、クレアーレによって大変な目に遭っていた。

クレアーレが学園に配置した監視カメラからの映像には、紙袋を抱きしめたアーロンが人目を気にしながら自室へと戻っている姿が映し出されている。

『おやおや～。これは何か悪いことをしている気配』

興味深く観察していると、アーロンは自室で紙袋から取り出した服を見ていた。

監視カメラが音声を拾っている。

『か、買ってしまった。お、俺は、ついにここまで』

以前のアーロンは、髪を手櫛で後ろに流していた。

制服も前をはだけさせ、いかにも不良という見た目をしていた。

しかし、今は違う。

髪やお肌の手入れをかかさず、おまけにムダ毛処理まで行っていた。

以前はたくましい体を得るために鍛えていたが、今は体を細くするために柔軟体操を中心に体を動かしている。

以前よりも体は細くなり、髪は艶が出ていた。

肌も綺麗になり、生徒たちからは態度も怖くなくなったと評判も上がっている。

だが、クレアーレは知っている。

『おほっ！　ついにそこまでいったのね！　アーロンちゃんは見ていると本当に楽しいわ。ちょっと背中を押すだけで、人間って新しい自分を発見できるのね』

映像の中のアーロンは、服を着替える。

購入した服は――女性物だった。

鏡の前で着替えるアーロンは、女性服に身を包み自分の姿を見ていた。

第三者が見れば、女性にも何とか見えるレベルだ。

しかし、見る人が見れば男だとすぐに気が付く。

アーロンは項垂れていた。

『駄目だ。俺が目指しているのは――私が目指しているのは、もっと女の子らしい姿よ』

アーロンは女装に目覚めていた。

女子を追いかけ回していたアーロンが、今では美を追究する男子になっていた。

自分の姿に納得できないアーロンは、どうすればより美しくなれるのかを考えていた。

『自分で出来ることには全て手を出した。だが、まだ足りないな。こうなったら、エステに通うか？』

そんなアーロンの姿を見て、クレアーレは転げ回る。

『ぶほっ！　こ、こいつ、自らとんでもない方向に進んでいくわね！　でも、私は理解があるから応援しちゃう！　そうだ！』

クレアーレは暇潰しに、アーロンがどこまでいってしまうのか見てみたくなった。

『アーロンちゃん、これからも私を楽しませてね』

怪しく光るクレアーレのレンズ。

アーロンはそんなことも知らずに、鏡の前で自分の姿を見ていた。

# あとがき

『乙女ゲー世界はモブに厳しい世界です』もついに六巻が発売されました！

これも購入してくださった読者様のおかげです。

ありがとうございます！

さて、毎回あとがきで何について書こうか悩む自分ですが、今回は六巻の内容よりも書籍版を購入してくださった読者さんのためにお得な情報をお知らせしようと思います。

書籍の帯や巻末にあるバーコードやＵＲＬから、アンケートページに進んでいただく必要があります。

ここでアンケートにお答えいただくと、書き下ろしの特典が読める仕組みになっています。

通常であれば数千字なのですが、この作品に限っては三巻より【マリエルート】というタイトルで合計すると十万字を超える分量となっております。

本にすると既に1冊分を超える分量ですね！

大変お得な特典になっております。

六巻の特典もマリエルートであり、今回もアンケートの特典とは思えないボリュームで書き下ろしをご用意しました。

楽しんでいただけると幸いです。

マリエルートの説明をすると、書籍版一巻の時点まで話が戻ります。

そこでリオンが、ユリウスたちと知り合う前にマリエと遭遇していたら――というｉｆから物語が始まっております。

リオンとマリエが序盤から協力するという、あったかもしれない話ですね。

また、こちらではＷｅｂ版や書籍版では触れていない話も出ており、Ｗｅｂ版、書籍版、共に読まれた読者様にも楽しんでいただけると思います。

リビアやアンジェたちの本来の立ち位置も楽しめますので、是非アンケートに答えて書き下ろし特典を手に入れてください。

アンケートへの回答をお待ちしております。

それでは、次の七巻でまたお目にかかりましょう。

GC NOVELS

# 乙女ゲー世界はモブに厳しい世界です ★06

THE WORLD OF OTOME GAMES IS A TOUGH FOR MOBS.

2020年8月7日初版発行
2022年10月15日第5刷発行

著者　三嶋与夢（みしまよむ）

イラスト　孟達（モンダ）

発行人　武内静夫

編集　伊藤正和

装丁　森昌史

印刷所　株式会社平河工業社

発行　株式会社マイクロマガジン社
〒104-0041　東京都中央区新富1-3-7　ヨドコウビル
［販売部］TEL 03-3206-1641／FAX 03-3551-1208
［編集部］TEL 03-3551-9563／FAX 03-3551-9565
https://micromagazine.co.jp/

ISBN978-4-86716-033-6　C0093


本書は小説投稿サイト「小説家になろう」(https://syosetu.com/) に掲載されていたものを、
加筆の上書籍化したものです。



**ファンレター、作品のご感想をお待ちしています！**

宛先　〒104-0041　東京都中央区新富1-3-7　ヨドコウビル
株式会社マイクロマガジン社　GCノベルズ編集部「三嶋与夢先生」係「孟達先生」係



THE WORLD OF OTOME GAMES IS A TOUGH FOR MOBS.